A HERDEIRA PERDIDA

Da autora:

Círculo negro

SÉRIE O MESTRE DAS RELÍQUIAS

A CIDADE SOMBRIA

A HERDEIRA PERDIDA

A COROA OCULTA

O MARGRAVE

CATHERINE FISHER

A HERDEIRA PERDIDA

O MESTRE DAS RELÍQUIAS

LIVRO 2

Tradução

Bruna Hartstein

BB
BERTRAND BRASIL
Rio de Janeiro | 2014

Título original: *The Lost Heiress*

Imagem de capa: © 2011 *by* Sammy Yuen Jr.

Editoração: FA Studio

Texto revisado segundo o novo
Acordo Ortográfico da Língua Portuguesa

2014
Impresso no Brasil
Printed in Brazil

Cip-Brasil. Catalogação na publicação
Sindicato Nacional dos Editores de Livros, RJ

F565c Fisher, Catherine, 1957-
A herdeira perdida / Catherine Fisher; tradução Bruna Hartstein – 1. ed. – Rio de Janeiro: Bertrand Brasil, 2014.
336p.: il.; 23 cm. (O mestre das relíquias 2)

Tradução de: The Lost Heiress
Sequência de: A cidade sombria
Continua com: A coroa oculta
ISBN 978-85-286-1707-8

1. Ficção inglesa. I. Hartstein, Bruna. II. Título. III. Série.

CDD:
CDU:

EDITORA BERTRAND BRASIL LTDA.
Rua Argentina, 171 – 2º andar – São Cristóvão
20921-380 – Rio de Janeiro – RJ
Tel.: (0xx21) 2585-2070 – Fax: (0xx21) 2585-2087

Atendimento e venda direta ao leitor:
mdireto@record.com.br ou (0xx21) 2585-2002

Para Maggie e Roger

SUMÁRIO

A HERDEIRA PERDIDA

O ESFORÇO DOS braços era uma agonia. Agarrando-se à corda, ele içou o corpo com a ajuda das mãos, dos joelhos e dos tornozelos doloridos.

– Rápido! – O Sekoi debruçou-se precariamente na varanda acima e estendeu a mão de sete dedos para ajudá-lo. Atrás dele, a parede da torre construída pelos Criadores cintilava sob a luz das luas.

Raffi deu um último e desesperado puxão, esticou o braço e agarrou a mão que o Sekoi lhe estendia. A criatura o segurou com firmeza e o puxou para a varanda, onde ele parou por alguns instantes, ofegante e molhado de suor.

– Nada mau – ronronou o Sekoi em seu ouvido. – Agora, olhe para baixo.

Abaixo deles, a noite estava um breu. Galen esperava em algum lugar na base da torre, uma sombra com o rosto aquilino voltado para cima e banhado pelo luar. Mesmo dali, Raffi conseguia sentir a tensão do guardião.

– E agora?

– A janela. – O Sekoi meteu a mão delicadamente pelo vidro quebrado. O trinco estalou. O caixilho da janela se abriu com um leve rangido.

Com o pelo fazendo cosquinha no ouvido de Raffi, murmurou:

– Entre.

O aprendiz fez que sim. Em silêncio, deslizou a perna por cima do peitoril e entrou no quarto.

Sob a luz do luar, lançou uma linha de proteção e sentiu de imediato o emaranhado de sonhos do homem sobre a cama, os guardas dormindo do lado de fora da porta e, esforçando-se um pouco mais, o brilhante eco telepático da relíquia, a familiar caixa azul.

Ela estava em algum lugar perto da cama.

Apontou. O Sekoi assentiu com um menear de cabeça, os olhos amarelos cintilando sob o luar. Raffi começou a atravessar o quarto. Sabia que não havia mais ninguém ali, mas, se Alberic acordasse e gritasse, em pouco tempo haveria. O anão parecia perdido na cama enorme, entre pesadas e caras cobertas em tons de roxo e vermelho. Ao lado da cama havia uma mesinha de cabeceira, uma sombra escura de madeira envernizada, em meio à qual ele conseguiu divisar o brilho de um puxador de gaveta. A relíquia estava ali dentro.

A caixa de Galen.

Com todo o cuidado, Raffi levou a mão ao puxador.

Alberic fungou e se virou. O rosto dele ficou perto de Raffi; um rosto astuto, mesmo dormindo. Sem fazer barulho, o aprendiz abriu a gaveta, meteu os dedos e tocou a caixa. O choque gerado pelo poder que o invadiu fez com que fechasse os dedos com força em volta da caixa e quase soltasse um assobio. Puxou-a para fora e a guardou no fundo do bolso do colete.

Com um rápido olhar por cima do ombro, viu a silhueta do Sekoi destacada contra a janela; atrás dele, o céu brilhava, cravejado de estrelas. Recuou pé ante pé.

Mas Alberic estava agitado, virando-se e remexendo-se entre as cobertas luxuosas. A cada passo recuado, Raffi sentia a mente ladina do anão saindo da escuridão, cada vez mais inquieta. Ao se virar para pular a janela, sentiu o momento do despertar como uma dor.

Alberic sentou-se num pulo. Correu os olhos pelo quarto escuro e, ao ver os dois, soltou um grito estrangulado de raiva. Em segundos, Raffi estava do lado de fora, deslizando corda abaixo atrás do Sekoi, tão rápido que o calor do atrito queimou-lhe as luvas. Ao alcançar o chão, escutou os latidos dos cachorros e os gritos raivosos de Alberic.

Galen o agarrou.

– Pegou a caixa?

– Peguei!

O anão meteu a cabeça pela janela.

– Galen Harn! – berrou, a voz rouca de ódio. – Você também, Sekoi! Vou matar os dois por isso!

Ele parecia um louco furioso; alguém precisou puxá-lo de volta para dentro.

– Vou matar vocês! – gritou, numa voz esganiçada.

Mas a noite estava um breu. E os três já estavam longe.

A MORTE DE FLAIN

1

Enquanto os Criadores esculpiam o mundo,
Kest refletia em seu esconderijo secreto,
pensando no desdém de Flain e nas piadas
de Tamar. Em uma caverna sob o gelo,
ele deu início a seus experimentos, criando
pequeninas feras com partes de outras e incutindo
nelas uma vida proibida. E manteve essas
criaturas escondidas da ira de Flain.

Livro das Sete Luas

— TEM CERTEZA de que pegou tudo? – perguntou Rocallion, ansioso.

Raffi terminou de arrumar as contas verdes e pretas e deu uma olhada em volta.

– Talvez precisemos de mais algumas velas.

– Vou mandar trazerem. O guardião estará pronto?

Os dois lançaram um rápido olhar pela sala escura. Galen estava sentado numa cadeira de espaldar alto ao lado do fogo. Parecia estar divagando, o olhar perdido nas chamas, mas, quando Raffi buscou a alma do guardião, não a encontrou; ela perambulava por algum lugar distante que ele ainda não aprendera a alcançar.

– Ele levará o tempo que for preciso.

Rocallion assentiu, arrancando as frutinhas vermelhas dos galhos com nervosismo. Era um homem jovem demais para ser o senhor de uma propriedade tão grande, pensou Raffi, embora parecesse governá-la muito bem. Os campos pelos quais eles haviam passado na véspera tinham sido bem revirados para o plantio e as casas estavam em bom estado. Contudo, a preocupação de Rocallion agora o deixava preocupado também.

– Nenhuma outra notícia sobre os Vigias? – perguntou o aprendiz.

Rocallion empoleirou-se na beira do banco. Quase meteu o galhinho na boca, mas acabou jogando-o no fogo de maneira distraída.

– Só rumores de uma patrulha em Tarnos. Há dois dias. Antes de as folhas começarem a cair. – Olhou pela janela para o céu já quase escuro. – Isso deve fazê-los procurar um abrigo. Mas, como é a Noite de Flain, nunca se sabe.

Raffi fez que sim, aproximou-se da janela e apoiou as mãos no peitoril. Por pior que estivesse o tempo, sabia que os Vigias sairiam à caça aquela noite. Devido ao frio e à umidade de um fim de tarde outonal, os campos adiante estavam encobertos pela névoa, e as montanhas ao longe pareciam simples borrões esmaecidos. Todas as sete luas brilhavam em meio ao céu nublado, sendo Pyra o pontinho vermelho cintilante ao leste. Não havia nenhuma outra luz em lugar algum.

– Raffi!

O aprendiz virou-se imediatamente.

Galen estava de pé, uma figura alta e sombria, o rosto aquilino destacado contra a luz do fogo. O poder movia-se à sua volta; Raffi podia ver as fagulhas e centelhas azuis. Tal visão provocou-lhe um calafrio.

– Estou pronto – declarou baixinho o guardião. – Deixe-os entrar.

A sala estava escura, como deveria ser, sem nenhuma outra luz que não a do fogo. Quando a porta se abriu, Raffi viu as silhuetas dos homens de Rocallion entrarem, cerca de doze deles, seus homens de confiança, acompanhados pelas esposas e algumas crianças.

Na penumbra do ambiente, eles pareciam meras sombras nervosas, o silêncio quebrado apenas pelo estalar da madeira de um banco ou por algum sussurro.

O ar na sala estava carregado de magia e medo. Todos eles sabiam que pagariam caro se os Vigias os pegassem. Dinheiro, animais e até mesmo as crianças poderiam ser levados embora. Seria Rocallion quem mais perderia. No entanto, eles não morreriam, pensou Raffi com amargura. Não do jeito como ele e Galen morreriam. Lentamente.

Raffi tremeu. Galen, porém, já havia começado.

– Meus amigos. Esta é a noite da Morte de Flain. Hoje iremos fazer o que os fiéis vêm fazendo há séculos, desde que os Criadores viviam aqui. – Franziu o cenho. – Estamos numa época de terror e precisamos nos encontrar em segredo; quero parabenizar cada um de vocês pela coragem de ter vindo até aqui. Hoje à noite os Vigias sairão à nossa caça. Mas, se vocês tiverem mantido o segredo, talvez estejamos seguros.

Seus olhos negros perscrutaram os rostos tensos. Assim como os de Raffi.

Eles estavam assustados. Era normal. Pelo menos, ele esperava que sim.

Galen fez uma pausa. Em seguida, baixou a voz.

– Antes de começarmos, tenho algumas notícias para vocês. Há dois meses, o menino e eu saímos de Tasceron, a Cidade Ferida, a Cidade dos Criadores. Enquanto estávamos lá, vimos e ouvimos coisas que eu não conseguiria explicar nem se quisesse. Mas essa não é a questão. Os Criadores finalmente falaram com a Ordem. Eles nos enviaram uma mensagem. Prometeram que irão retornar.

Fez-se um silêncio sepulcral, como se ninguém ousasse respirar.

Então, alguém disse:

– Isso é verdade?

– Eu mesmo escutei a voz, através do tempo e do espaço. O garoto também escutou, assim como os outros. Eles nos disseram para esperar. – Esfregou o rosto com a ponta da mão, num gesto cansado. – Quanto tempo, eu não faço ideia. Devemos rezar para que seja logo. As criaturas de Kest estão se multiplicando, assim como as Terras Inacabadas continuam se expandindo. A força dos Vigias está crescendo. Precisamos que isso aconteça logo.

Eles estavam pasmos. A surpresa era tão latente que Raffi sentia como se quase conseguisse tocá-la; tão palpável quanto os galhos pendurados no teto, brilhante como as frutinhas que o fogo chamuscava. Mas eles acreditavam.

O guardião se virou num gesto brusco, ignorando o súbito burburinho.

– Está conseguindo manter as linhas de proteção, garoto? A confusão aqui pode atrapalhar.

Raffi fez que sim; já as checara, a rede de linhas de energia em volta da casa, estendendo-se o máximo que ele conseguia pelas estradas e trilhas enluaradas. Se alguém as cruzasse, ele saberia.

– Então vamos começar – declarou Galen.

Ele se sentou e brandiu uma das mãos. Raffi se levantou e esperou ansiosamente que os murmúrios se aquietassem.

Por fim, todos se viraram para o aprendiz.

Só havia feito isso uma vez antes, embora tivesse escutado a história sobre a morte de Flain quase todos os anos desde que era pequeno. Agora tinha que recitá-la de cor, a história contada no Livro das Sete Luas. O guardião, então, entraria no Silêncio, talvez por alguns minutos, talvez por horas. Quando acordasse, assim como Flain havia acordado, ele lhes traria a Palavra secreta. Em seguida, as velas seriam acesas e, por fim, eles comeriam. Raffi estava desesperado de fome. Estivera jejuando o dia inteiro, e agora sentia o estômago roncar baixinho. Cerrando os punhos, começou logo.

– A alma que pertencia a Flain perambulou pelo Outro Lado, sempre em busca de um caminho de volta. Após horas e anos e séculos, ele chegou a um lugar baixo, não mais elevado do chão do que seu próprio joelho, e engatinhou pelas veias e canais do Mundo Subterrâneo. Arrastou-se pelas minas e túneis da Morte, até alcançar uma espaçosa caverna iluminada por uma única chama vermelha. No centro da caverna havia uma caixa, feita de ouro e madeira de faia. A alma de Flain atravessou a areia até a caixa e a abriu.

"A Palavra estava na caixa. Flain viu a Palavra e, ao vê-la, todos os segredos do mundo se revelaram, e ele soube como escapar da Morte e do futuro; ao longe, bem baixinho, escutou as vozes dos Criadores – Tamar, Soren, Theriss – chamando-o."

Raffi parou. O fogo crepitou em meio ao silêncio, exalando um aroma de pinho e madeira de tojo. Os rostos brilhavam num jogo de luz avermelhada e sombras profundas. Ao se sentar, todos os olhos se viraram para Galen.

O Mestre das Relíquias empertigou-se na cadeira, o cabelo negro cintilando na penumbra, os olhos refletindo a luz das chamas. Ele se sentou confortavelmente, sem se mexer, o rosto sério e tranquilo. Enquanto todos observavam na sala enfumaçada, escutando os estalos da madeira e as suaves batidas do granizo nas venezianas, viram algo começar a tomar forma diante do fogo.

Um banco rangeu, corpos inclinaram-se para a frente. Uma criança falou alguma coisa e foi rapidamente silenciada.

Ela surgiu do nada, do meio da escuridão, e, embora todos já tivessem testemunhado isso antes, o frio estranho era sempre uma novidade. Até mesmo Raffi sentiu a mão gelada do medo tocar sua espinha.

O objeto era grande e estranho, feito de ouro e madeira de faia. A caixa de Flain, com dobradiças brilhantes. Ela foi ganhando solidez, até se tornar pesada sobre a mesa pequena, a madeira lindamente envernizada.

Raffi observou atentamente. Cada guardião invocava uma caixa diferente; já vira Galen realizar o ritual da Morte de Flain antes, mas nunca desse jeito. Foi tão rápido. Algo estava estranho. Diferente.

Lá fora, o vento açoitava as venezianas. Galen esperou por um longo tempo. E, então, levantou-se com as mãos sobre a tampa.

– Abro esta caixa – disse, numa voz rouca –, tal como Flain o fez. Que a Palavra fale conosco, que ela nos conte os segredos.

O poder que o possuíra antes estava de volta; o poder do Corvo. Tonto, Raffi o sentiu estalar e farfalhar pela sala como asas negras, fazendo seus dedos retraírem e formigarem, aplacando algum incômodo profundo em sua mente.

Galen estava abrindo a tampa. Ao levantá-la, todos ofegaram, pois a luz que emanava da caixa pela fenda cada vez maior abria caminho pela fumaça, lançando um brilho forte sobre o rosto do guardião, que observava o interior do objeto sem parecer incomodado.

Raffi se levantou. Alguma coisa atiçara-lhe a mente, alguma espécie de aviso. Lá fora, o vento uivava e assobiava.

Galen enfiou as duas mãos dentro da caixa. Ele deveria ter recitado algumas palavras, partes da Litania. Mas não disse nada. Apreensivo, Raffi mudou de posição.

– Galen. As Respostas.

O mestre não deu sinal de ter escutado.

– Galen.

Ninguém se mexeu. Virando a cabeça, Raffi viu por quê.

Formas e redemoinhos de energia espalhavam-se por toda a sala, iluminando o revestimento de madeira e as dobras das tapeçarias, derramando-se sobre as mesas. Os homens olhavam ao redor, boquiabertos. Pequenas espirais azuis se desfaziam e explodiam em torno de Galen, deixando para trás um leve cheiro de queimado. Raffi nunca vira nada semelhante.

De repente, Galen falou:

– Estou vendo a Palavra!

O guardião ergueu os olhos. Opacos, sem vida. Rocallion estava petrificado; todos estavam. Um menino gritou; havia barulho lá fora, cascos de cavalos, gente correndo, batidas na porta. O choque e a culpa trouxeram a mente de Raffi de volta para as linhas de proteção; elas estavam partidas, estraçalhadas.

– Os Vigias! – sibilou, mas o guardião permaneceu imóvel, a caixa em suas mãos emitindo uma luz pulsante.

– Vocês querem escutar a Palavra?

– Diga! – murmurou alguém, lembrando-se da resposta.

– Eu direi. – Galen ofegava profundamente, como se tivesse sido esfaqueado. – A Palavra... – Concentrou-se, as mãos firmes em volta da caixa, até que de repente seus olhos clarearam, em choque. – A palavra é... *Inter-rei.*

Todos os olhos se fixaram nele, atônitos.

Então, a caixa desapareceu sem um único ruído.

Raffi reagiu.

– Rocallion, os Vigias estão aqui! – Abrindo caminho entre as pessoas, agarrou o braço de Galen. – Eles estão aqui! Na porta!

– O quê?! – O senhor das terras o fitou, horrorizado. – Mas eu deixei alguns homens lá fora.

– Eles já passaram pelos seus homens! Ouça!

As vozes soavam altas no pátio. Um cavalo relinchou; o som de cascos ecoou sobre as pedras do calçamento.

– Pelos dentes de Flain! – Rocallion atravessou a sala num salto e agarrou Galen. – Venham comigo, guardiões! Depressa!

Ele os conduziu por uma porta na parede. Atrás deles, Raffi escutou a mesa sendo puxada, velas acesas e crianças agitadas sendo forçadas a se sentar. Celebrar a Noite de Flain com uma ceia não era ilegal. Pelo menos, não ainda.

Desceram correndo uma pequena escada. Raffi tropeçou na súbita escuridão.

– Seus amigos... – falou Galen, ofegante.

– Não se preocupe. Eles não dirão nada. É só uma festa.

– A menos que os Vigias saibam que estamos aqui – rosnou o guardião.

A escada dava num corredor. Rocallion examinou ambos os lados; em seguida, abriu a porta que havia em frente, forçou-os a entrar e a trancou atrás de si.

– A despensa – sussurrou ele.

O aposento exalava um cheiro almiscarado de ervas. Havia alguns molhos pendurados no teto. Um banco servia de mesa para frascos de vidro e tigelas. Alguém chamou ao longe, mas Rocallion ignorou o chamado, agachou-se e puxou uma alavanca escondida próximo à lareira. Um pequeno painel deslizou imediatamente na parede.

Galen agachou e se arrastou para dentro. Raffi seguiu logo atrás.

O rosto pálido de Rocallion preencheu a abertura.

– Ninguém sabe sobre este esconderijo. Volto para buscá-los quando puder. Vocês ficarão seguros.

O guardião assentiu.

– Boa sorte.

Mas o painel já fora fechado novamente.

2

Tamar arrastou a criatura e a colocou diante do Conselho: um lagarto de seis pernas, gemendo de dor e cravejado de espinhos.
– Que abominação é essa? – exigiu saber Flain.
– Isso, meu mestre, é o que Kest anda fazendo em segredo.
E todos os olhares se voltaram para mim, que estava quieto no meu canto.

Lamentos de Kest

ELES ESTAVAM ENCOLHIDOS em algum lugar escuro e fedendo a umidade. Raffi esticou o braço e tocou a parede fria.

– Então... – A voz de Galen soou soturna na escuridão. – Eles calcularam bem o momento do ataque.

– Será que vão nos encontrar?

– Isso depende do quão desconfiados eles estão. Consegue vê-los?

Raffi tentou. Abriu o terceiro olho, o olho da mente.

– Seis?

– Acredito que uns dez. – O guardião parecia distante, como se sua mente estivesse escutando a comoção na casa. – Difícil dizer. A confusão é grande. – Parecia ter esticado a perna, visto que soltou um assobio de dor; Raffi sentiu o eco.

– Ilumine o ambiente, garoto. Vamos ver onde estamos.

O aprendiz se esforçou e a concentração o deixou tonto. Por fim, conseguiu conjurar um pequeno globo de luz, que oscilou no ar à sua frente.

– Mantenha-o parado – vociferou Galen, olhando em volta.

Eles estavam numa pequena cela, tão baixa que mal dava para Galen ficar em pé. As paredes de tijolos estavam molhadas devido à umidade – o emboço reduzido a montinhos de massa espalhados pelo chão. Não havia janelas. Uma rachadura em uma das paredes permitia a entrada de uma corrente de ar gélido. Num dos cantos havia um cesto com uma pilha de cobertores sobre ele.

A luz do globo diminuiu de intensidade. Raffi suou com o esforço de mantê-la acesa.

– Esqueça isso. – Galen abriu o cesto e vasculhou seu interior. Um fósforo foi riscado; Raffi viu o brilho de uma chama fraca e avermelhada. – Poupe suas forças. Talvez tenhamos que ficar aqui alguns dias.

Se tivermos sorte, pensou o aprendiz. Deixou o globo desaparecer e, em seguida, perguntou:

– Alguma comida?

– Um pouco. Ao que parece, Rocallion estava preparado.

– A não ser que ele soubesse que os Vigias estavam vindo.

Galen ergueu os olhos num movimento brusco, o rosto sombrio.

– Você acha?

Raffi deu de ombros.

– Não.

– Nesse caso, fique quieto e não invente calúnias sobre um homem bom. Pegue os cobertores. Eles estão úmidos, mas são grossos.

Raffi envolveu-se em um deles e tremeu. Galen passou-lhe um pedaço de pão, uma maçã e algumas fatias de carne-seca.

– Parte do banquete da Noite de Flain – comentou.

O aprendiz olhou para a comida, nauseado. E, então, começou a comer. Estava acostumado a sentir fome. Qualquer comida era válida.

– Temos o suficiente para cerca de dois dias. – Galen mordeu a maçã distraidamente.

– Será que vai levar tanto tempo?

O guardião deu de ombros.

– Se a queda de folhas aumentar, os Vigias ficarão na casa.

– Rocallion pode nos trazer comida.

– Ele será seguido. Aonde quer que vá. – Esticando as pernas, Galen ponderou. – Se for verdade que ninguém mais sabe sobre este esconderijo, então dependemos dele. Pelo menos, os homens de Rocallion não poderão nos trair. Se ele... – Parou no meio da frase e levou a mão ao pescoço. – Ai, meu Deus!

– O que foi? – Raffi colocou-se de joelhos. – O que aconteceu?

Galen havia soltado a maçã e tateava desesperadamente os bolsos internos do colete.

– As contas! As contas protetoras!

Eles olharam um para o outro, horrorizados.

– Você as pegou?

– Não, eu...

– Meu Deus! Raffi! – Furioso, Galen deu um tapa na parede.

– E tem mais – comentou Raffi, desesperado. – Seu cajado. Nossas sacolas.

– Esses estão bem escondidos. Mas as contas estavam lá... na sala!

Sentindo-se culpado e nauseado de tanto medo, Raffi empertigou-se, visualizando os colares entrelaçados de contas de azeviche e cristais verdes. Devia tê-los pego! Devia ter se lembrado deles!

– Desculpe – soltou num ofego.

Galen o fitou de mau humor.

– Acho que eu devia lhe dar uma boa surra.

– Não há espaço para isso – brincou o aprendiz, numa voz fraca.

– E nem necessidade. Os Vigias farão isso por mim.

No silêncio que se seguiu, os dois imaginaram a mão enluvada de alguém agarrando as contas e gritando. Qualquer Vigia as reconheceria de imediato.

– Talvez um dos homens de Rocallion as tenha encontrado.

– Escute! – Galen o segurou.

Era um som alto, de botas pesadas descendo a escada acima. O guardião apagou a vela imediatamente. A porta da despensa se abriu com um estrondo. Alguém entrou e começou a andar em volta do aposento.

Eles sabiam, pensou Raffi. Com as mãos fechadas em punhos, encolheu-se no escuro.

Os Vigias estavam procurando. Som de louças pisoteadas. Algo de vidro caiu e se espatifou. Um pé chutou o revestimento de madeira das paredes com impaciência.

A parede vai soar oca, pensou, apertando os braços em volta do corpo como se isso o fizesse ficar ainda menor. Galen era uma sombra imóvel contra a parede.

E soou oca mesmo, mas o Vigia não deu a impressão de ter percebido. Alguém o chamou e ele gritou de volta "Aqui embaixo", a voz tão próxima que Raffi começou a suar. Em seguida, escutaram o som do sujeito subindo a escada de novo, a porta batendo às suas costas.

Silêncio. Um longo silêncio.

Por fim, enrijecido de tanto pavor, o aprendiz obrigou-se a relaxar. Inspirou fundo e de forma entrecortada.

– Fique quieto – mandou Galen. – Eles vão voltar.

E voltaram. Durante toda a noite e pela madrugada adentro, a casa vibrou com as pancadas e os gritos, o som de passos e de portas batendo. Toda vez que Raffi conseguia finalmente cair num sono agitado sob o cobertor comido pelas traças, uma voz ou o barulho de algo se quebrando o arrancava do estupor, molhado de suor e com as mãos cerradas. Estava enjoado e tonto de tanto medo. Galen não falava nada, talvez nem sequer escutasse. Ele permaneceu onde estava, os joelhos encolhidos junto ao corpo, totalmente imóvel na escuridão. Raffi sabia que o mestre estava rezando, perdido em rigorosa meditação, mas, ainda assim, ficava espantado com a disciplina do guardião. Ele próprio tentou recitar a Litania e o Apelo a Flain umas duas vezes, mas ou esquecia as palavras ou se pegava repetindo a mesma frase sem parar, toda a sua atenção voltada para os ruídos na casa.

O pior era não saber o que estava acontecendo.

Será que eles haviam encontrado os colares? Estariam botando a casa abaixo? Será que Rocallion estava sendo torturado? Teria ele aberto o bico? Quanto tempo levaria para a fumaça começar a entrar por baixo do painel na parede e sufocá-los, obrigando-os a sair ao encontro das espadas e balestras dos Vigias?

O aprendiz se remexeu, encolhendo-se e esticando-se ininterruptamente até que, sem sequer perceber que havia dormido, acordou. Olhou para a rachadura na parede, por onde agora entrava a luz fria do amanhecer, e sentiu um súbito fedor de lixo vindo de algum lugar.

Virou-se e se sentou.

Galen observava, uma figura sombria na escuridão. Após alguns instantes, falou:

– Coma alguma coisa e tome um gole de água.

– Você já...?

– Há algumas horas.

Sentindo-se culpado, Raffi pegou uma fatia de pão já meio velho e a comeu com um pedacinho de queijo. A água estava fresca e gelada; tentou não tomar um grande gole.

– Você dormiu?

Galen o fitou com aquele olhar furioso que Raffi tanto temia.

– Rezei pedindo perdão. Você devia ter feito o mesmo.

– Eu não...

– Os colares, garoto! – Galen balançou a cabeça, em desaprovação. – Eu me permiti ser dominado pelo medo... Esqueci que os Criadores nos têm em suas mãos, todos nós! Precisamos confiar neles. Eles não deixarão que os Vigias nos encontrem, a menos que desejem isso, e, se acontecer, que assim seja. Quem somos nós para temer?

Raffi mastigou o pão.

– É difícil não ter medo.

– Você é um aprendiz. Eu sou um mestre, tenho obrigação de saber essas coisas.

Galen era sempre rigoroso, principalmente consigo mesmo. Um momento de pânico o deixaria irritado; seria preciso um bom tempo para que ele perdoasse a si próprio. Raffi recostou-se na parede, pensando no Corvo, no estranho poder do mensageiro dos Criadores que Galen recebera em Tasceron, imbuindo-o de habilidades desconhecidas. Esse poder não se manifestava desde então. Galen estivera como sempre – sério, mal-humorado, intransigente. Até a noite anterior. Raffi lambeu as últimas migalhas das pontas dos dedos. Na véspera, o poder voltara. Perguntou num sussurro:

– O que foi que aconteceu durante o ritual?

Galen ergueu os olhos escuros. Afastou do pescoço os cabelos compridos e os prendeu com uma tira de couro. Em seguida, disse:

– Não tenho certeza. A caixa... invoquei a caixa como sempre fiz, mas, quando ela surgiu, estava diferente. Maior. Depois teve a luz... Se fui eu que a conjurei, não sei. Também nunca tinha escutado a palavra com tanta clareza. Ela pareceu queimar dentro de mim como se fosse fogo. – Ergueu os olhos. – Eu a falei em voz alta?

– Falou. Você disse "Inter-rei".

Galen franziu o cenho.

– Talvez os Vigias devessem ter chegado mais cedo. Algumas mensagens não são para qualquer ouvido.

– Não brinque em relação aos Vigias. – Raffi ajeitou-se sob o cobertor. – O que a palavra quer dizer?

– Inter-rei? É uma palavra do Apocalipse. Significa aquele que reina entre dois reis.

– Mas, o que...?

– Chega de perguntas! – O guardião empertigou-se subitamente. – Se vamos ficar presos aqui, é melhor aproveitarmos o tempo. Tenho sido negligente com suas lições; portanto, vamos começar com os Lamentos de Kest. Desde o princípio.

Foi um dia interminável.

Galen o obrigou a recitar cada capítulo dos Lamentos; em seguida, eles passaram para a Litania, o Livro das Sete Luas, os Dizeres dos Arquiguardiões, até mesmo a vida eterna de Askelon, com suas quarenta e sete Profecias da Coruja. Cansado, Raffi repetiu as vinte últimas numa voz sussurrada, o guardião corrigindo-o com impaciência.

Eles não ousavam falar alto; por quatro vezes alguém entrou na despensa. Em determinado momento, algum animal – um cachorro, imaginou Raffi – arranhou o painel, porém Galen lançou um flash de luz mental que o fez se afastar com um ganido. Todas as vezes, o guardião retomava o exercício de forma implacável. Raffi sabia que era só para mantê-los ocupados, para afastar o medo, mas, no fim, foi uma agonia; tudo o que ele queria era gritar. Quando o mestre finalmente deixou-o relaxar, sua voz falhando devido à sede, a luz do dia havia muito se fora. Assim como boa parte da comida.

Raffi tomou um gole desesperadoramente pequeno de água.

– Ele tem que aparecer hoje. Não pode nos deixar morrer de fome aqui.

– Talvez. – Galen recostou-se na parede. – Talvez não.

Raffi levantou-se com certa dificuldade e pôs-se a mancar em torno da cela. Estava enrijecido pelo frio, um frio tão congelante que parecia neve. Curvando-se, tentou ver alguma coisa pela rachadura, mas ela era estreita demais. Meteu um pedaço de pano para fechá-la, e imediatamente sentiu Galen segurá-lo; um gesto de aviso.

O painel estava sendo aberto.

Uma vela tremeluziu. Quando a chama estabilizou, eles viram Rocallion entrar engatinhando. Ele parecia cansado e abatido ao pegar a comida e outra jarra de água que escondera sob o colete.

– Peguem isso – soltou num ofego. – Rápido. Preciso sair.

Galen o segurou.

– Eles encontraram os colares?

– Que colares? – De repente, seus olhos se esbugalharam. – Você os perdeu?

– Nós os deixamos na sala.

O jovem senhor da propriedade coçou a cabeça de maneira frenética.

– Não sei! O gordão não falou nada!

– Então eles estão seguros. Um dos seus deve tê-los encontrado. – Galen recostou-se, aliviado. – Como você conseguiu escapar?

– Não pergunte.

Metendo um pedaço de pão na boca, Raffi perguntou:

– Quantos Vigias vieram?

– Uma patrulha inteira. Eles vasculharam a casa e interrogaram todo mundo. Espero que tenha sido só uma visita de praxe.

– Ninguém deixou nada escapar?

Rocallion parecia tenso.

– Não, mas eles... – Parou de repente.

Raffi engoliu em seco.

Lá fora, na despensa, algo mudou. Um leve movimento, o ranger de uma das tábuas do piso, mas todos sabiam o que isso significava. Alguém o seguira.

Rocallion fechou os olhos, desesperado. Ele quase falou, mas Galen sacudiu a cabeça com ferocidade, apagando a vela com um rápido brandir da mão. Raffi sentiu o poder do guardião aumentar de intensidade, preenchendo a escuridão em volta deles.

Lentamente, o painel foi aberto.

Alguém estava parado ali, uma silhueta escura. De repente, a pessoa se agachou e, para surpresa de Raffi, uma pequenina mão surgiu dentro da cela, balançando entre os dedos os colares de contas verdes e pretas.

– Você não devia deixar essas coisas soltas por aí, Galen – declarou uma voz divertida. – Alguém pode encontrá-las.

3

O inter-rei virá entre dois reis;
surgirá da escuridão
e para ela retornará.

Apocalipse de Tamar

– CARYS!

A menina deu uma risadinha no escuro.

– Oi, Raffi. Ainda está com fome?

– Vocês a conhecem? – Rocallion observava com uma expressão de assombro. – Mas ela é uma Vigia!

– O nome dela é Carys Arrin. E, quanto ao que ela é, só Deus e os Criadores podem dizer. – Em meio à penumbra, Galen esticou o braço e pegou os colares da mão dela. – Então foi você quem os encontrou.

– Sorte a sua. – Olhou de relance por cima do ombro para a porta. – Mas não temos tempo para conversar. O comandante dos Vigias se chama Braylwin. Ele é um sujeito gordo e preguiçoso, mas tem a mente afiada como uma navalha e está certo de que havia um guardião aqui para a celebração da Noite de Flain. Não sou exatamente a menina dos olhos dele. Portanto, quero vocês fora daqui.

– Você acha que a gente a trairia? – perguntou Galen baixinho.

– Sob tortura, sim. – Ela o fitou com olhos duros, os cabelos castanhos e curtos balançando. – Vejam bem, posso tirar vocês daqui se saírem agora. Estou de guarda por duas horas, e no momento está tudo quieto. A patrulha vai ficar aqui pelo menos uma semana, Galen. Vocês talvez não tenham outra chance.

Galen abençoou os colares, enfiou-os pela cabeça, arrastou-se para fora da cela e se levantou.

– Claro que confiamos em você – disse, como se ela tivesse perguntado.

Pasmo, Rocallion ergueu os olhos para ele.

– Tem certeza?

Raffi soltou uma risadinha.

– A gente acha que sim.

– Vocês acham?

– Esperamos que sim.

Carys já estava na porta, averiguando os arredores. Ali no escuro, ela parecia mais alta, e seus cabelos, mais compridos. Trazia a balestra pendurada nas costas.

– Vamos atravessar o corredor e descer a escada que vai dar no porão. A porta lá abre por dentro? – perguntou.

Rocallion deu de ombros.

– Os Vigias pegaram as chaves.

– Eu estou com elas. Tem um grupo que está de guarda no pátio; vou distraí-los enquanto vocês passam. Seguindo a estradinha, verão um estábulo próximo ao portão... Ele já foi vasculhado. A gente se encontra lá. Combinado?

Ela está acostumada a dar ordens, pensou Raffi.

Galen fez que sim. Era difícil ver sua expressão no escuro. Carys lançou um olhar por cima do ombro e disse de supetão:

– Espere por mim, Galen. Tenho algo que preciso contar a vocês. É importante.

Ao dar um passo à frente, a luz do corredor iluminou o guardião, e todos viram seu sorriso feroz, semelhante ao de um lobo.

– Eu sei.

– Que surpresa! – Ela soltou uma risada curta e saiu para o corredor. Galen empurrou Raffi e saiu também, com Rocallion seguindo-o silenciosamente.

O corredor estava vazio e era iluminado por uma única lâmpada. Uma risada soou ao longe. Eles se encolheram num canto enquanto Rocallion pegava o chaveiro com Carys e procurava pela chave certa; assim que a porta foi aberta, todos passaram rapidamente.

A porta se fechou atrás deles com um clique.

– Cuidado – ecoou a voz de Rocallion. – Há uma pequena escada na frente de vocês.

Raffi a encontrou e desceu com cuidado. Sabia que eles estavam no porão – além do frio terrível, o lugar cheirava a barris de cerveja. Por duas vezes, bateu nos barris. Por fim, Rocallion pediu para passar à frente.

– É melhor eu ir mostrando o caminho.

Não havia luz alguma e Galen optou por não conjurar nenhuma; isso seria fatal caso a porta lá em cima fosse aberta.

Quando Raffi alcançou Rocallion, a porta dos fundos já estava destrancada. Com extremo cuidado, o senhor da propriedade a abriu e deu uma espiada em volta. Por baixo do braço dele, Raffi viu o pátio mal-iluminado, as cumeeiras escuras dos prédios e uma única estrela brilhando no céu.

Um murmúrio de vozes vinha de algum lugar nas proximidades. Em silêncio, Carys passou à frente.

– Tomem cuidado – sussurrou. Então, espremeu-se entre eles e saiu ao encontro da noite.

Eles esperaram. Raffi sentiu uma gélida lufada, decorrente da queda de folhas, fustigar-lhe o rosto e escutou o assobio do vento contra os telhados da casa principal. A noite estava atipicamente quieta, como que congelada no tempo, embora fosse possível escutar o pio de uma coruja na mata ao longe e o guincho de algum outro animal nas proximidades, talvez um roedor silvestre.

As vozes se calaram. Só Carys falava, num tom alto e furioso. Dava para sentir a raiva em sua voz, o que deixou Raffi mais uma vez assombrado com o modo como ela conseguia mentir, fingir e agir.

– Vamos agora – sussurrou Galen. Eles saíram com cuidado ao encontro das sombras e prosseguiram colados às paredes.

As folhas tinham caído o dia inteiro. Ali, sob a proteção das paredes, o caminho estava mais limpo, fazendo com que eles deixassem pegadas escuras; Galen apagou-as rapidamente. Eles passaram correndo por entre os prédios e sob o beiral baixo de um celeiro. Ao alcançarem o portão, Raffi viu de relance o brilho avermelhado de uma fogueira e escutou as ordens raivosas de Carys. Ela estava exigindo que eles ficassem de olhos bem abertos. E queria aqueles malditos dados! Agora! Raffi soltou uma risadinha, enquanto os dedos deslizavam sobre o metal frio da fechadura do portão.

Eles podiam correr livremente pela trilha, porém os sulcos do caminho tinham se transformado em poças congeladas que se soltavam e rachavam, emitindo uma espécie de chiado ao se quebrar. O solo estava duro como pedra e até mesmo os espinheiros-ardentes estavam cobertos com a poeira decorrente da queda das folhas; a tempestade trouxera um frio súbito e congelante, o primeiro do ano. Raffi tremeu de frio, a respiração visível sob a luz das duas luas que haviam surgido subitamente por entre as nuvens.

Galen o puxou para a proteção da cerca viva.

– Estamos longe do estábulo?

Rocallion tentava recuperar o fôlego.

– Está logo adiante.

Dava para ver a beirada do telhado despontando por entre os galhos. O fim da trilha estava encoberto pelas folhas; uma placa gigantesca de folhas bem esmagadas, como se as vacas tivessem aberto caminho à força. O cheiro pungente dos frutos era tenebroso.

Rocallion fez menção de abrir a porta, mas Galen o impediu.

– Espere.

O guardião permaneceu em silêncio, com uma das mãos na parede. Ambos sabiam que ele estava enviando linhas de proteção para o interior.

– Achei que vocês confiassem nela – murmurou Rocallion.

– Nós confiamos. E desconfiamos.

Por fim, o guardião anuiu com um meneio de cabeça. Eles abriram a porta e entraram apressados. O estábulo estava vazio, embora repleto de feno velho. Um rato fugiu em disparada. Ofegantes, eles se encolheram de frio. Raffi enterrou-se sob o feno.

– Talvez seja melhor eu voltar – comentou Rocallion.

Mal terminara de dizer isso, a porta guinchou; Carys entrou rapidamente e parou. Cruzou os braços e abriu um sorriso.

– Fico feliz que tenham decidido ficar.

– Eu não perderia isso por nada – Galen retrucou, sério. – Eles não vão sentir a sua falta?

Carys se aproximou, tirou a balestra, jogou-a no chão e se sentou ao lado deles.

– Eles?! Eles vão é ficar felizes de me ver pelas costas. – Abraçou os joelhos. – Então, o que vocês dois andam fazendo? Como escaparam da cidade?

– Os Sekoi têm seus segredos – respondeu o guardião com indiferença. – Depois disso, nós três seguimos para o norte e fizemos uma pequena visita a um ladrão chamado Alberic.

Ela riu.

– Já sabemos disso. Ele está atrás de vocês.

– Está? – Raffi ficou preocupado.

– Nossos espiões disseram que alguns dos homens dele andam fazendo perguntas por aí. Vocês precisam ter cuidado.

– Eu pretendo ter – replicou Galen de modo seco. – Você soube que Raffi escalou a parede da torre?

Ela soltou uma risadinha.

– Eu não sabia que você fazia o tipo escalador.

– Nem eu – murmurou o aprendiz, lembrando-se do medo que sentira pendurado na corda, das mãos em carne viva.

Carys ficou em silêncio por alguns instantes. De repente, ergueu a cabeça, os olhos brilhando.

– Tenho uma informação que vocês vão achar... interessante. É segredo de Estado. – Olhou de relance para Rocallion.

Ele entendeu o recado e se levantou.

– Suas mochilas estão escondidas num antigo poço perto daqui. Vou pegá-las para vocês.

Assim que ele saiu, Carys se levantou e checou a porta; em seguida, voltou e se agachou de novo. Ela vibrava de animação. Raffi quase conseguia enxergar. Ele lutou para se soltar do feno, a pele pinicando.

– Escutem isso – disse ela. – Mês passado, uma velha foi interrogada lá nas montanhas.

– Interrogada? – Galen a fitou de cara feia.

– Não posso fazer nada quanto aos métodos que eles utilizam. De qualquer forma, ela soltou uma informação inacreditável, provavelmente para se salvar. Disse a eles que havia trabalhado no palácio do Imperador. Quando ele foi morto, durante a queda de Tasceron, os Vigias presumiram que o jovem ao lado dele, cujo corpo estava queimado demais para ser reconhecido, era seu filho. Segundo a velha, isso não é verdade. O filho, o Príncipe, escapou. Ele viveu por muitos anos escondido numa vila chamada Carno. Casou-se e, sete anos atrás, teve uma criança. A velha vivia com eles. O nome dela era Marta. Ninguém mais sabia quem eles eram. Mas então apareceu uma patrulha de Vigias em busca de mão de obra escrava para as minas das Terras Distantes. Eles levaram os pais e a velha, embora ela não tivesse nenhuma utilidade. Ao que parece, ninguém sabe o que aconteceu com a criança.

– E o Príncipe? – perguntou Galen.

– Morto. Já checamos.

Eles ficaram em silêncio por alguns instantes. Então, Raffi exalou o ar lentamente.

– Então o Imperador tem um descendente.

Galen ponderou, os olhos brilhando.

– Essa é uma ótima notícia, Carys, se for verdade... Menino ou menina?

– Isso ela não disse.

– Um novo Imperador! – O guardião se levantou e começou a andar de um lado para o outro, animado. – É um milagre! E faz todo o sentido. Quando os Criadores voltarem, tudo estará restaurado.

– Tem certeza de que eles virão? – perguntou Carys baixinho.

– Você estava lá. Você mesma escutou.

Ela sacudiu a cabeça com pesar.

– Eu escutei alguma coisa. Uma voz. Mas, olhe só, Galen, se você quiser esse seu inter-rei...

– O que foi que você disse? – O guardião girou o corpo e a encarou, os olhos negros. Na penumbra do ambiente, seu rosto pareceu subitamente mais adunco e feroz. O rosto do Corvo.

– Eu disse inter-rei. É uma brincadeira do Braylwin. Seu Livro fala disso.

Ele olhou de relance para o aprendiz.

– Mais uma vez.

Carys franziu o cenho.

– O que você quer dizer com mais uma vez?

– Essa é a Palavra. Da Noite de Flain. A palavra que os Criadores nos enviaram.

Por um momento, ela o fitou com tanta intensidade e de um jeito tão estranho que ele sentiu algo se acender dentro dela, alguma dúvida ou ressentimento. Em seguida, Carys falou com frieza:

– Bem, de qualquer forma, se você quiser esse tal de inter-rei, é melhor encontrar logo ele. Ou ela. Porque nós já estamos procurando.

– Nós?

– Os Vigias. E a recompensa é alta, podem acreditar.

Galen aproximou-se dela de supetão.

– Esqueça os Vigias, Carys! Venha com a gente.

– Já disse que não. Vocês podem estar errados, Galen. Totalmente enganados.

Ele sorriu de modo frio.

– O Corvo por acaso estava errado? Quando você viu a Casa das Árvores florescer, quando escutou a voz vinda das estrelas, foi tudo um engano? Você sabe que não.

O silêncio que se seguiu foi amargo.

De repente, a porta se abriu e Rocallion entrou, com duas mochilas nos braços e o cajado de Galen preso no cinto. Uma lufada de poeira das folhas entrou junto com ele.

Carys se levantou.

– Bom, já contei. Agora, vocês façam o que quiserem com essa informação. Se os Vigias encontrarem a criança, irão matá-la, isso é certo. – Ela riu, os olhos brilhando. – Não estou do lado dos Vigias, Galen, não mesmo. Estou nessa por conta própria, já disse. Há coisas que preciso descobrir, e estar infiltrada é a melhor maneira. Braylwin é preguiçoso; ele passa o inverno inteiro na Torre da Música, e pretendo ir com ele, pois é lá que são mantidos todos os registros dos Vigias. Preciso saber quem eu sou. De onde eu vim. E você precisa encontrar o inter-rei. A palavra foi para você.

Ela já estava na porta, mas parou quando Raffi soltou:

– Você não disse como tem passado.

– Sob suspeita. – Ela chutou o feno distraidamente. – Entreguei um relatório sobre Tasceron. Foi uma obra de arte no quesito mentiras... Você teria adorado, Raffi. Mas alguém deve estar desconfiado de que estou retendo informações. Fui retirada do trabalho de espionagem e designada a trabalhar com Braylwin. Por enquanto, estou presa a ele. O sujeito é astuto o quanto pode ser. E insuportável.

– Tome cuidado – murmurou Raffi.

Ela fez que sim.

O guardião ofereceu a Rocallion uma rápida bênção; o jovem ajoelhou-se rapidamente sobre o feno.

– Volte com ela – ordenou. E, virando-se para Carys, acrescentou: – Faça com que ele entre em casa. Não quero que Rocallion tenha problemas por causa disso, Carys. Tudo o que ele fez foi salvar nossas vidas.

– Não se preocupe.

Rocallion despediu-se de Galen e de Raffi com um aperto de mão.

– Boa sorte, guardiões.

– Para você também – respondeu Galen. – Para os dois.

Já na porta, Carys se virou e lançou-lhes um olhar estranho.

– Vou sobreviver. Mas, se você encontrar essa criança, Galen, vai me contar? Vai confiar em mim o bastante para me dizer onde ela está? Será preciso manter os Vigias longe dela.

Ele a fitou por alguns instantes com uma expressão sombria. E, então, disse:

– Você terá notícias minhas, Carys.

4

É impossível que um agente seja esperto demais ou tenha pouca consciência.

Mandamento dos Vigias

BRAYLWIN DESPEJOU MEIO cantil do melhor vinho de Rocallion num cálice e bebeu, passando a língua nos lábios para não desperdiçar nenhuma gotinha. Assim que Carys entrou, ele pescou um suculento pedaço de frango apimentado do prato à sua frente.

– E então?

Ela se aproximou do fogo, apoiou a cabeça na chaminé da lareira e olhou zangada para as chamas.

– Você é um patife, Braylwin. Um patife odioso e fedorento.

Ele abriu um sorriso dissimulado.

– Ah, pobre Carys. Isso é tão difícil para você! E, ainda por cima, sem nenhuma recompensa no final... porque ela será toda minha. De qualquer forma, a ideia foi sua. – Ele cuspiu o osso com elegância e limpou a boca. – Conte ao titio o que aconteceu.

– Galen se foi. O garoto também.

– Eles passaram pelos guardas?

– Facilmente.

– Eles não fazem ideia de que eu estou por dentro dessa história, não é? Eles não sabem de nada, sabem, Carys?

Ela se virou e o encarou.

– Não por mim. Mas Galen... Ele tem formas de descobrir. Não posso garantir nada.

– Hum. Bem, vai ter que servir. Porque, se eu achasse que você está me enganando, querida, seu titio ficaria irritado. Muito irritado.

Carys o odiava. Naquele momento, enquanto olhava para o gorro ensebado de seu superior, desejou poder atravessá-lo com uma flecha, e ficou chocada consigo mesma. Cerrou os punhos e manteve a voz calma.

– Contei a eles sobre o inter-rei... toda a informação que a gente tinha. Não sei se vai funcionar. Assim como você, ele não faz ideia de onde começar a procurar.

– Pode não fazer, mas os guardiões têm seus próprios meios de descobrir as coisas. Dizem que eles conversam com as árvores. – Ele riu.

– Se quer saber – replicou ela, furiosa –, eles conversam mesmo.

Os olhinhos pequenos e astutos de Braylwin se fixaram nela.

– Ah, tinha me esquecido de que você sabe tudo a respeito deles. Um dia, Carys, vou descobrir exatamente o que aconteceu em Tasceron. – Coçou o rosto e escolheu outro pedaço de frango. Com um ódio gélido, ela reparou no casaco forrado de pele e no pequeno gorro preto que ele usava para se manter aquecido. – Eles vão descobrir o inter-rei para nós. Qual guardião conseguiria resistir? – Lambeu o polegar. – Como você mesma disse, isso irá nos poupar um trabalhão. Depois, capturaremos os dois e a criança, e receberemos um belo saco de ouro. Bem, pelo menos, eu receberei. E, provavelmente, uma promoção também.

– E quanto a mim?

Ele brandiu um dedo gorduroso diante dela.

– Sua recompensa será sua própria vida, mocinha. E o titio não irá contar sobre aquele negócio em Carner's Haven.

Carys se virou novamente para o fogo, sabendo que ele estava rindo de forma presunçosa pelas suas costas.

– Galen vale dez de você – rosnou.

– Vale, é? Só esse comentário já seria o bastante para colocá-la patrulhando gelo por dois anos. Ou coisa pior. Se ficar de joguinhos com os Vigias, Carys, você irá pagar o preço. – Um tilintar do cálice indicou a Carys que ele estava pensando. – Traí-los dói tanto assim? O guardião, o garoto e o homem-gato? Talvez doa. Tempos atrás, eu talvez sentisse o mesmo.

– Duvido muito.

Ele olhou de relance para ela.

– Arrogante e prepotente. Mas, no fundo, você e eu somos farinha do mesmo saco, Carys.

Aquilo foi a gota d'água. Enojada, ela se virou e saiu pisando duro, batendo a porta com força às suas costas e empurrando duas das criadas de Rocallion para fora do caminho. Já no segundo andar, no pequeno quarto que escolhera para si mesma, Carys tirou a balestra, jogou-a sobre a cama e se deitou de bruços.

Como podia ter chegado àquele ponto? Como podia ser tão burra?

Virou-se e olhou para o teto, pensando no episódio em Carner's Haven.

Tinha sido a primeira vez que vira os Vigias pegarem crianças, e isso a incomodara. A patrulha havia chegado cedo à vila, Braylwin com seu novo cavalo pintado de verde. Os aldeões, porém, tinham sido avisados. O lugar estava um verdadeiro caos. Todas as crianças com menos de 10 anos estavam escondidas, os homens gritavam ameaças e as mulheres urravam, furiosas e apavoradas.

– Revistem o lugar – rugira Braylwin, e fora ela quem havia entrado no celeiro do último campo e visto uma garotinha saindo do meio de uma pilha de feno.

Com um soco no colchão, Carys se levantou, foi até a janela e a abriu. A poeira das folhas chicoteou-lhe os lábios.

Lembrou-se do episódio em detalhes. A menina tinha uns 4 ou 5 anos e chorava, o rosto com uma expressão apavorada. A mãe pulou do próprio esconderijo e se meteu entre elas.

– Pelo amor de Deus – soltou, ofegante. – Deixe-a ir! Solte a gente!

Só então Carys percebeu que trazia a balestra carregada e apontada; baixou-a num gesto brusco, pasma.

Por que as deixara escapar? Mesmo agora, não tinha certeza. Seria pelo fato de ter se visto ainda criança naquela menininha de cabelos castanhos? Será que tinha chorado quando os Vigias a levaram? Não lembrava. Não se lembrava de sua mãe nem de seu pai, nem da vila onde viviam, nada antes dos aposentos escuros de pedra e dos pátios recobertos de neve da Torre dos Vigias 547, nas Montanhas de Marn. Talvez tivesse sido por isso que pegara a menininha e a entregara à mãe, passando-a rapidamente por um buraco na parede dos fundos. Pensar nisso a deixava inquieta, mesmo agora. Galen teria ficado satisfeito. Mas por que se importava com o que Galen poderia pensar?

Amargurada, ergueu os olhos para as luas, mas elas estavam escondidas atrás das nuvens; só era possível ver um contorno pálido e um brilho nebuloso. Teria dado tudo certo, não fosse pelo fato de que, ao se virar, dera de cara com Braylwin parado dentro do celeiro, observando-a. Ele vira o suficiente; Carys soube imediatamente que ele usaria aquilo contra ela. Tudo o que Braylwin disse foi: "Ah, querida!", com aquela expressão idiota de surpresa e escárnio tão típica dele. Mas ele vira.

Tudo o que precisava fazer era relatar o ocorrido.

As coisas já estavam complicadas o bastante. Eles certamente a levariam para ser interrogada, e ela sabia demais. A Casa das Árvores, o esconderijo secreto da Ordem em Tasceron, o fato de Galen ser o Corvo. Eles arrancariam tudo dela – não podia se dar ao luxo de permitir que a interrogassem. Mal-humorada, olhou para o peitoril da janela e amaldiçoou Galen por fazê-la lembrar-se de tudo aquilo. Braylwin a tinha na palma da mão, e adorava essa situação. Carys, faça isso; Carys, faça aquilo; todos os piores trabalhos, todos os temíveis e intermináveis relatórios. Estava cansada de tudo isso.

E, então, ele encontrara os colares.

Aquela mão gorda havia pegado delicadamente os colares que estavam em volta das velas. Carys os reconhecera de imediato, o que lhe provocara uma fisgada de pânico. Sabia que Braylwin colocaria a casa abaixo para encontrar o guardião. A ideia de deixar Raffi e Galen escapar e sugerir a eles que fossem em busca do inter-rei fora dela – a única coisa em que conseguira pensar na hora.

Contudo, Braylwin tinha gostado do plano. Não só era inteligente, como não lhe daria trabalho. Era um homem preguiçoso. Essa era uma das fraquezas que ela podia usar.

Talvez devesse ter aberto o jogo com Galen. Talvez devesse tê-lo avisado. De qualquer forma, ele precisava encontrar a criança, e quando o fizesse... Bem, se preocuparia com isso quando acontecesse. Pelo menos eles estavam livres.

Lá fora, no frio da noite, Agramon surgiu subitamente de trás de uma nuvem, delineando os prédios empoeirados e os campos mais além, as cercas vivas escuras e espinhosas e as árvores cujos galhos erguiam-se para o céu pálido.

Fora bom vê-los novamente. Raffi parecia ter crescido um pouco. Onde estariam eles agora, pensou, ao relento naquele terreno encoberto de folhas? Para onde eles iriam?

Por um breve e amargo segundo, desejou estar atravessando aquelas estradinhas enlameadas com eles, afastando-se dali, dos Vigias, rindo junto com Raffi. Em vez disso, bateu a janela com força e se virou de costas.

Braylwin estava a caminho da Torre da Música.

E ela pretendia ir com ele.

JOGOS DE AZAR

5

O ódio de Flain estremeceu os céus. Estrelas caíram; os novos mares entraram em ebulição. Diante deles, Kest jurou que não criaria mais nenhuma fera; renunciou a seus venenos, poções mágicas e alquimias. Seu coração, porém, esbanjava ressentimento. E ele mentiu.

Livro das Sete Luas

OS ARBUSTOS ESTAVAM repletos daquelas frutinhas vermelhas e amarronzadas que floresciam durante os cinco meses de outono em Anara. Enquanto prosseguiam, Raffi ia colhendo as frutas, comendo algumas e jogando o restante na pequena mochila em suas costas. Mais adiante, Galen apoiou-se impacientemente junto ao portão de um campo.

Os arbustos altos e escarlates de erva-do-fogo brilhavam; folhas de espinheiros e sabugueiros acumulavam-se nos sulcos da trilha e, de algum lugar ao longe, vinha um cheiro de fumaça – de um capinzal pegando fogo ou da chaminé de alguma casa. Raffi puxou um verme de uma amora-preta grande e o jogou de lado, sobre um reluzente grupo já meio murcho de orelhas-de-elefante cobertas de orvalho.

– Anda, garoto – rosnou Galen.

Eles haviam deixado a mansão de Rocallion fazia dois dias e se encontravam imersos na rede de trilhas e estradinhas conhecidas como os Meres. O terreno era plano e pantanoso, coberto por uma exuberante gramínea que despontava da turfa saturada. Os dois haviam chafurdado o dia inteiro naquele terreno lamacento, com Galen mal-humorado e taciturno, andando incansavelmente por horas a fio e, de vez em quando, sentando-se em silêncio enquanto a névoa e os vapores do pântano se fechavam à sua volta.

Raffi colheu a última frutinha e desceu a trilha. Começava a anoitecer. A névoa nos campos estava cada vez mais densa; homens-símios tagarelavam em meio a um grupo de árvores destacado contra o horizonte. Galen olhou de cara feia para as árvores.

– Está escutando?

Raffi fez que sim, amargurado. Tinha esperanças de que eles pudessem passar a noite sob aquelas árvores, mas não agora. Os homens-símios eram porcalhões, barulhentos e ferozes quando em bandos.

– Vamos continuar – disse o guardião.

A névoa ficou ainda mais forte, elevando-se em espirais das calhas e valas. À medida que prosseguiam, ela se fechou em torno deles, a ponto de não conseguirem mais ver o que ficava para trás e de serem forçados a abrir caminho entre os espinheiros e sabugueiros, os quais exalavam um aroma rico e pungente e cujos galhos molhados batiam-lhes de volta no rosto. Eles seguiam tropeçando e escorregando nos buracos e poças invisíveis.

A meio caminho de um longo e suave aclive, Galen parou. Virou a cabeça e disse:

– Escute.

Feliz pelo descanso, Raffi ajeitou a mochila, ofegante. Com a chegada do crepúsculo, um morcego trissou acima de sua cabeça.

Foi então que escutou: um leve reverberar dos cascos de um cavalo batendo na água. O som vinha de algum lugar atrás deles, e parecia estar subindo o morro.

Galen se virou, as gotas de orvalho cintilando sobre os cabelos negros. Em ambos os lados, a cerca viva formada pelos arbustos era escura, espinhosa e intransponível.

– Rápido! – soltou num ofego.

Eles subiram correndo, abrindo caminho pela névoa, atravessando um estranho e acinzentado facho luminoso. Uma das luas devia ter despontado – talvez Cyrax –, seu brilho pálido e perolado refletindo-se na névoa.

Enquanto corria, Raffi lançou atrás de si uma linha de proteção. Sentiu a respiração quente do cavalo, a força de seu corpo suado e o peso do cavaleiro.

Nesse momento, Galen o agarrou pelo braço e o puxou para a proteção da neblina. Os arbustos erguiam-se altos e, em sua base, havia um buraco feito por algum animal. Mesmo enquanto deitava de barriga para baixo e se arrastava para dentro do buraco, Raffi soube que eles estavam correndo um risco, e deu um puxão forte para soltar o casaco preso nos espinhos. Alguns galhos estalaram e se partiram; o aprendiz murmurou preces pedindo silêncio e, em seguida, desculpas, ao sentir que os arbustos acatavam o silêncio com relutância e desagrado.

Com um assobio de dor, Galen entrou no buraco também. Ergueu uma das mãos e Raffi viu, com um calafrio de medo, que havia uma garra-de-Kest agarrada a ela. O guardião sacudiu a mão para se livrar do bicho e pisou nele repetidas vezes. Sangue escorria por entre seus dedos.

– Ele mordeu você!

– Vou sobreviver. Já fui mordido antes. – Raffi, porém, sabia que isso não era nada bom. A mordida da garra-de-Kest era profunda e envenenava o sangue, deixando a pessoa tonta e enjoada, às vezes por vários dias. Podia até ser fatal.

Galen envolveu o machucado, apertou bem e se encolheu.

O som dos cascos ficou mais próximo. De onde estava, mergulhado entre as folhas e com o ouvido colado ao chão, Raffi sentiu o bater dos cascos como uma pulsação em sua cabeça. O arreio tilintou. O cavalo bufou e relinchou, e um homem tossiu.

Com cuidado, o aprendiz afastou um punhado de folhas. Viu as pernas do cavalo. Ele tinha parado.

Não havia dúvidas de que o animal podia sentir o cheiro deles, e escutá-los também. Galen permaneceu imóvel; Raffi sabia que ele estava se comunicando telepaticamente com o bicho, acalmando-o, tranquilizando-o. Movendo-se ligeiramente para o lado, viu o cavaleiro.

Um homem, envolto em casacos e encapuzado. Era difícil ver direito; uma figura indistinta, com a cabeça virando de um lado para o outro, olhando em volta, até que uma parte da névoa se dissipou e a lua brilhou subitamente sobre uma armadura e uma pesada balestra.

O homem se virou. Raffi teve um vislumbre dos olhos, da barba e dos cabelos molhados.

E, então, o cavalo prosseguiu, desaparecendo em meio à névoa.

Eles permaneceram agachados por um longo tempo, escutando o som do cavalo subindo a colina, até o tilintar dos arreios dar lugar ao silêncio. Apenas o cheiro dos excrementos do animal pairava no ar.

Galen esticou o corpo.

– Muito bem.

– Muito bem o quê?

– Você não o reconheceu?

O aprendiz correu os olhos em volta.

– Não. Quem era?

– Godric. Lembra dele? Um dos homens de Alberic.

Uma gota de orvalho escorreu para dentro da orelha do garoto; duro de frio, ele sacudiu a cabeça para se livrar dela.

– Alberic!

– Quem mais? – O guardião esticou as pernas, amassando os galhos espinhosos embaixo delas. – Isso não me surpreende. Carys nos avisou. Além disso, quando um rei dos ladrões promete aos gritos que vai matar você, ele normalmente está falando sério. Alberic deve ter homens patrulhando todas as estradas. Eles vão perguntar nas vilas também. Precisaremos redobrar o cuidado. E temos que encontrar o Sekoi antes deles.

– A que distância estamos do local de encontro? – perguntou o aprendiz, ansioso.

– Mais ou menos um dia. Vamos ficar aqui mais algumas horas e então partiremos antes do amanhecer. Pegue a comida.

Raffi assentiu, infeliz.

– Mas, e quanto à sua mão?

O guardião o fitou de cara feia.

– Eu cuido disso.

Enquanto Raffi comia um pedaço de peixe seco que pegara na mochila, Galen trabalhou. Puxou um punhado de folhas do bolso do casaco: bálsamo, luva-de-Flain e agrimônia. Algumas ele mastigou, outras mergulhou cuidadosamente em água fria; em seguida, envolveu-as em torno da mão, bem apertado. A água deveria estar quente, o aprendiz sabia.

– Então – disse –, a gente podia acender uma fogueira. A névoa irá encobri-la.

– Não temos tempo. Somente algumas horas de sono. Depois disso, vou acordá-lo.

Raffi se deitou. Era inútil discutir. Carys teria tentado, mas ele conhecia bem o guardião. Havia algo sinistro e intocável em Galen: uma intransigência acalentada por anos de infelicidade – a destruição da Ordem, seu ódio pelos Vigias. "Um homem focado", dissera o Sekoi certa vez, e Raffi sabia exatamente o que ele quisera dizer com isso. E, desde Tasceron, quando o Corvo o possuíra, essa característica se tornara ainda mais forte.

Cansado, começou a recitar a oração noturna, mas, ao chegar na metade, pegou no sono.

Ao acordar, estava molhado e duro de frio. O sol ainda não nascera. Suas bochechas pinicavam, irritadas pelas urtigas.

Galen não estava ali.

Subitamente alerta, Raffi espalhou linhas de proteção à sua volta e, ao ver que o guardião estava perto, saiu ansiosamente do buraco. A luminosidade na trilha indicava que estavam no meio da noite. A névoa se dissipara; seis das formidáveis luas emitiam um brilho intenso e contínuo sobre a terra enegrecida – Atelgar, Agramon, Pyra, Karnos, a esburacada Lar e a distante Atterix. Feixes crescentes em tons de azul, rosa e pérola.

Galen estava parado de braços cruzados sob a combinação de luzes, olhando para o céu. Virou-se quando Raffi fez barulho ao pisar numa poça e, por um segundo, pareceu haver algo mais nele, algo que sobressaía, acentuando a negritude de seus olhos, os longos e brilhantes cabelos, o casaco enlameado.

E, então, voltou a ser apenas Galen.

Raffi pendurou a mochila no ombro com relutância.

– Dormiu o suficiente? – O guardião saiu caminhando sem esperar resposta e começou a descer a trilha enluarada. – Dormir e comer, garoto. É só para isso que você serve. – Pegou o cajado pendurado nas costas. – Está na hora de prosseguir. Vamos encontrar o Sekoi em Tastarn, e precisamos chegar lá rápido.

– E depois?

Galen lançou-lhe um olhar de soslaio.

– Depois partiremos em busca do inter-rei.

– Onde vamos começar a procurar?

O guardião riu, aquela risada súbita que sempre provocava um calafrio no aprendiz.

– Você ficaria surpreso.

ELES CAMINHARAM EM silêncio pelo resto da noite, enquanto as luas moviam-se lentamente no céu; o dia raiou e o sol começou a despontar através da infinita cortina de névoa que pairava sobre aquele terreno pantanoso. Garças alçaram voo; por acres a fio, juncos balançavam e sacudiam, lançando no ar nuvens de sementes. A comprida trilha estendia-se em direção a depressões e mangues, passando por plantações intermináveis de delgados salgueiros e, à medida que sol se erguia, nuvens de mutucas elevavam-se no ar, picando e ferroando.

Ao meio-dia, cansados e sedentos, eles pararam. Galen suava, o casaco aberto, e, enquanto comia, Raffi olhou de relance para ele. O guardião estava pálido, os cabelos negros grudados na testa. O veneno da garra-de-Kest ainda não se dissipara.

– Você devia descansar.

Ele esfregou o rosto com as costas da mão.

– Tastarn – disse, numa voz rouca – fica a duas horas daqui. Descansarei lá.

Eles, porém, prosseguiram devagar, e o percurso acabou levando a tarde inteira. O dia foi esquentando, ganhando um calor opressivo; um trovão rugiu e ribombou nas colinas ao longe. Galen tropeçou, como se a energia do trovão o tivesse golpeado tal qual uma onda. Eles se afastaram da trilha e cruzaram um riacho, seguindo em direção ao leste, através de um bosque de delicadas arvoretas prateadas, cujas folhas se soltavam à mais leve lufada de vento. Enquanto mastigava algumas frutinhas, Raffi observou Galen, preocupado, mas o guardião continuou em frente de maneira teimosa e persistente. Só quando os telhados de Tastarn despontaram em meio às árvores foi que ele parou e se recostou contra um grande carvalho ao lado da trilha.

O aprendiz correu para alcançá-lo.

– Sente-se! – sugeriu. – Descanse um pouco.

Galen deixou o corpo escorregar contra a árvore, sentando-se, e inclinou a cabeça para trás. Estava com um aspecto cinzento; as mãos tremiam ao levar o cantil de água aos lábios e, em seguida, ao jogar um pouco sobre o rosto.

Raffi agachou-se ao seu lado.

– Escute. Você não pode entrar na vila assim. Não é seguro! Nós poderíamos ser pegos com muita facilidade.

O guardião tremeu.

– Está tentando me dar um conselho? – rosnou de volta.

– Estou. Fique aqui. Eu vou e volto com o Sekoi. Não será difícil encontrá-lo.

Os dois ficaram em silêncio. Uma chuva leve e amena começou a cair, tamborilando levemente nas folhas acima. Galen afastou os cabelos do rosto. Raffi sabia que ele estava se esforçando para pensar com clareza, a mente confusa em virtude da febre.

– Não vou demorar. Aqui tem água suficiente. Você devia tirar um cochilo.

– Não preciso dormir.

– Tudo bem, então descanse. Consegue conjurar algumas linhas de proteção?

Galen o fitou de cara feia.

– Estou no limite, mas sim.

– E você tem a caixa. – A caixa era uma relíquia, a arma de luz dos Criadores que eles haviam roubado de volta de Alberic. Desde então, nenhum dos dois a tinha usado. Talvez o anão tivesse esgotado o poder dela, pensou o aprendiz. Mas não podia ser. Caso contrário, ele não a quereria de volta.

Gotas de chuva ou de suor escorreram pelo queixo do guardião.

– Tudo bem – murmurou ele por fim. – Combinado. Mas volte antes de escurecer, Raffi, ou sairei para procurá-lo.

Assentindo com a cabeça, Raffi tirou a mochila e a escondeu entre as samambaias.

– Espere – falou Galen. – Deixe seus colares também.

O garoto hesitou por um instante; em seguida, tirou os dois colares de contas azuis e roxas e os depositou na mão quente do guardião. Sentia-se estranho sem eles, mais desprotegido. Mas Galen estava certo. Era mais seguro.

Levantou-se.

– Você vai ficar bem?

Galen o encarou, furioso. E, então, disse:

– Antes de escurecer. Não se esqueça.

Raffi deu uma risadinha, virou-se e desceu correndo a trilha sob uma chuva fraca. Só ao alcançar o riacho foi que ousou dar uma olhadinha por cima do ombro.

Galen desaparecera. Somente o farfalhar dos galhos indicava para onde ele se mudara. Por um momento, Raffi sentiu-se culpado por deixá-lo, mas não havia escolha. Além do mais, não deveria ser difícil encontrar o Sekoi.

Estranhamente satisfeito, cruzou o riacho e atravessou um campo de ovelhas. Escalou o muro ao final e pulou para uma estradinha estreita. Pequenas casas erguiam-se em meio à chuva. Do lado de fora da casa mais próxima, uma cabra ruminava pensativamente.

Entrou na vila com cautela. O lugar estava movimentado. Uma feirinha fora armada na rua principal; o aprendiz escutou e sentiu o cheiro antes mesmo de virar a esquina. Galinhas esquálidas e gados negros e morosos cacarejavam e mugiam dentro de cercados, incomodados; homens encurralavam um grande touro; havia também bancas de pão quente, carne cozida, roupas, anéis e cintos extravagantes. Raffi desejou ter algum dinheiro, só para poder comprar algo. Sem vontade de falar com ninguém, perambulou pelos arredores, as mãos nos bolsos, observando atentamente. Uma das Torres dos Vigias, negra e agourenta, erguia-se acima do mercado; dava para ver os homens no telhado. Um grupo deles vagava por ali também, usando suas tradicionais armaduras escuras e gastas, com chicotes amarrados em torno da cintura. Os aldeões abriam caminho para eles sem sequer levantar os olhos.

Raffi recuou e se escondeu atrás de uma banca de comida. Havia um velho ali, o braço mergulhado em um cesto de maçãs.

Decidiu correr o risco.

– Estou procurando por um Sekoi – falou baixinho. – Alto. Rajado e com uma marca em zigue-zague sob um olho. O senhor o viu?

– Se eu o vi?! – resmungou o velho, empertigando-se. Fitou Raffi com curiosidade. – Ele vem limpando todo mundo há dias. Deve estar lá no Marcy's.

– Marcy's?

O velho soltou um assobio. Em seguida, fez Raffi se virar e apontou.

– Ali, meu filho. Não é um lugar para gente como você.

Era um prédio baixo e esquálido, com o telhado remendado e as janelas cobertas de hera. A porta escura encontrava-se aberta; mesmo dali dava para sentir o fedor do lugar.

– Aceite meu conselho. – O velho recostou-se no cesto. – Cuide bem do seu dinheiro.

– Obrigado – murmurou o aprendiz.

Espremendo-se para passar entre as vacas, os porcos, os vendedores de salsicha e os malabaristas, Raffi seguiu até uma das janelas com a veneziana quebrada e deu uma espiada.

O salão estava enfumaçado por causa do fogo que ardia nas lareiras e das lamparinas acesas. Havia muitos homens no local, uma multidão barulhenta, acotovelando-se ruidosamente. No meio do aposento ficava uma mesa onde alguns apostadores divertiam-se num jogo de cartas. Pilhas enormes de moedas de ouro acumulavam-se diante dos jogadores. Raffi conseguiu ver três deles, o outro estava escondido pela multidão inquieta.

De repente, agachou-se com a respiração presa no peito.

O cavaleiro, Godric, estava parado ao lado da lareira. Segurava uma caneca cinza na mão, com a tampa aberta. Tomou um gole, os olhos fixos no jogo de cartas.

Alguém riu. Os homens se afastaram.

Pela fresta, Raffi viu o quarto apostador, conversando e embaralhando as cartas com sua mão de sete dedos. Uma enorme pilha de moedas de ouro acumulava-se à sua frente.

Era o Sekoi.

E o homem de Alberic o observava pelas costas.

6

Eu o observei, dia após dia.
Desconfiado, acompanhei o seu olhar,
o movimento de suas mãos.
Sabia que meu irmão estava tramando alguma coisa.
Seu plano, porém, jamais consegui ver.

Apocalipse de Tamar

AGACHADO SOB O emaranhado de hera, Raffi observou o salão enfumaçado com desespero. Como conseguiria alertar o Sekoi?

A criatura estava se divertindo. Seus sete dedos compridos manuseavam as cartas com habilidade, embaralhando-as e distribuindo-as rapidamente. E ele ria, os olhos amarelos brilhando como o ouro empilhado à sua frente, o pelo do rosto astuto arrepiado de excitação.

Com cuidado, Raffi fez a hera farfalhar. Ninguém sequer reparou. Olhou de relance para Godric; o homem havia desenrolado o cachecol, deixando à mostra a barba preta espetada e o brilho da armadura enferrujada. Tinha encontrado um lugar para sentar – na ponta de um banco cheio de mercadores absortos numa barganha – e se recostara ali, uma sombra ameaçadora, com os olhos fixos nas costas do Sekoi.

Não havia saída.

Raffi se virou e olhou para a chuva. O que Galen faria?

Rezaria.

A resposta surgiu como se alguém a tivesse proferido. Ele inclinou a cabeça, invocando mentalmente a ajuda dos Criadores: Flain, o Alto; Soren, a Dama das Folhas; Tamar, o Domador das

Feras; Theriss e Halen. Sem dúvida um deles lhe enviaria alguma ideia.

Virou-se novamente, sentindo as gotas de chuva que caíam sobre ele através do telhado mal remendado. Os dedos do Sekoi pescaram mais algumas moedas. Os outros jogadores pareciam irritados. A sombra que representava Godric continuou bebendo em silêncio.

Precisaria tentar algum tipo de comunicação mais direta. O que provavelmente seria muito difícil. E significava que teria de entrar.

Desesperado, deu a volta no prédio, parou diante da porta e, com cuidado, deu três passos em direção ao barulho. O cheiro e a fumaça o fizeram tossir: uma combinação fedorenta de cerveja e corpos e comida sendo preparada. Antes mesmo de começar, soube que não conseguiria fazer aquilo. Havia gente demais empurrando-o, muitos gritos e risadas. Alguém o agarrou pelo braço; apavorado, virou-se e viu uma mulher com o rosto pintado de verde e azul segurando-o com unhas afiadas.

– Está perdido, docinho? – perguntou com um sorrisinho afetado, a voz pastosa. – Você não é o Tomas, é? Tomas se parece com você.

Raffi desvencilhou-se dela e correu, abrindo caminho entre a multidão, lutando para passar pelos corpos que se aglomeravam junto à porta até se ver do lado de fora, sob a chuva gelada.

Encharcado e tremendo de frio, chutou a parede com fúria. Galen precisava dele! *Tinha* que fazer alguma coisa.

De repente, teve uma ideia.

Devia ter sido inspirada por Soren; fora ela quem criara as árvores, plantara as sementes na terra, injetara seiva em suas veias. Murmurou um agradecimento, aliviado.

E, então, voltou até a hera.

Levou um bom tempo para acordá-la. Ela estava com preguiça, sonolenta; tentou se afastar dele. Não se lembrava dos guardiões, tinha dormido por tempo demais, estava muito cansada agora... Raffi agachou-se junto ao caule retorcido e acariciou as reentrâncias com as pontas dos dedos enquanto repetia pacientemente o que desejava que ela fizesse, explicando cada detalhe como se falasse com uma criança. Sabia que era uma planta jovem e que nela o poder dos Criadores era fraco; ela não tinha lembranças, não como o velho homem-teixo que falara com ele tempos atrás. Mas havia algo ali. Raffi discutiu, persuadiu, ordenou, repetindo a tarefa sem parar.

As folhas suspiraram, como que tocadas por uma leve brisa. Ela gemeu e reclamou, e, então, mesmo relutante, um de seus ramos começou a penetrar o aposento pela janela quebrada.

Ofegante, Raffi continuou incitando-a. Em seguida, agarrou-se ao peitoril da janela e observou o ramo fino, com suas pequeninas folhas brilhantes, deslizar parede abaixo e prosseguir pelo chão, passando por entre bancos, botas e pés de mesa, por trás de cadeiras, arrastando-se pelo feno imundo. A hera parou uma vez, e o aprendiz foi acometido por uma embotada sonolência, um forte cansaço e confusão, mas continuou insistindo e ela se pôs em movimento novamente, farfalhando, sacudindo, dez anos de crescimento em dez minutos, um resultado poderoso de seu esforço vegetal.

Encontrava-se agora sob a cadeira do Sekoi. Com a visão bloqueada pelas pessoas que passavam, vindas da direita, Raffi mudou de posição, impaciente.

O ramo estava escalando a perna da cadeira.

Uma sonora gargalhada eclodiu em algum lugar do aposento. O aprendiz prendeu a respiração. A hera se enroscava, subindo como uma cobra. Parou em pleno ar e sentiu a direção que seguiria. Com delicadeza, enrolou-se como um bracelete no pulso do Sekoi.

Por um segundo, a criatura ficou rígida. Mas, então, pegou uma carta, descartou outra e deixou a mão cair sob a mesa. Olhou em volta rapidamente; em seguida, fixou o olhar na esquerda e começou a percorrer o salão até encontrar Raffi na janela. O aprendiz correu o indicador na frente da garganta e apontou para as costas dele, alertando-o.

O Sekoi baixou os olhos com um sorrisinho matreiro.

Raffi agachou-se sob o peitoril, o corpo gelado de alívio. O rosto astuto e rajado da criatura não demonstrara o menor sinal de surpresa – não era de admirar que ele vencesse nas cartas, pensou com alegria. Contudo, mesmo de longe, o pelo em sua nuca parecia mais grosso. Rezou para que Godric não o tivesse visto.

A hera estava recaindo no sono novamente. Raffi agradeceu-a com seriedade e deu outra espiada pela janela. O Sekoi disse alguma coisa para o jogador à sua esquerda, baixou as cartas e abriu o jogo com um sorrisinho maroto. Os outros resmungaram tão alto que deu para escutar mesmo ali de fora. Ele pegou o dinheiro, levantou-se e lançou um olhar de relance para o espelho na parede, rápido e penetrante. Era o suficiente. Devia ter visto Godric.

Raffi afastou-se sorrateiramente. Estava cansado e encharcado até os ossos; fora mais difícil acordar a hera do que havia pensado. No entanto, o problema ainda não estava resolvido. Quando o Sekoi saísse, o guarda de Alberic o seguiria. Precisava pensar no que fazer a seguir. Afinal de contas, o homem estava armado.

Esgotado, agachou-se ao lado da porta e tentou formular um plano, percebendo, subitamente, o quanto era tarde; o sol estava prestes a se pôr. Mariposas dançavam diante da entrada enfumaçada; na escuridão dos telhados acima, morcegos guinchavam e batiam as asas. Galen devia estar ficando preocupado.

Após alguns minutos, o aprendiz deu-se conta, burro que era, de que ninguém havia saído – e que o salão recaíra em silêncio. Tudo o que conseguia escutar agora era o burburinho do mercado encerrando suas atividades.

Subitamente temeroso, aproximou-se da porta e deu uma espiada. O salão estava escuro. O fogo estalava na lareira. Nuvens densas e azuladas de fumaça dos cachimbos pairavam no ar. O Sekoi continuava sentado à mesa do jogo, os joelhos dobrados junto ao corpo. Estava contando uma história.

Todos no aposento estavam em silêncio, escutando atentamente. O único movimento era o das canecas de cerveja, que subiam e desciam aos lábios dos homens, absortos no relato da estranha criatura, com suas mãos abertas e olhos amarelos e astutos. O Sekoi falava baixinho, mas com um singular e hipnótico ronronado em sua voz. Ao se aproximar o bastante para escutar, a leve ansiedade que acometia Raffi evaporou-se como fumaça, e tudo o que restou foi a história.

Estava escuro. Ele se encontrava numa floresta que se estendia infinitamente à sua volta. Sabia que seu braço esquerdo estava machucado, sangrando. Seres maquiavélicos se moviam em meio às árvores ao longe; estavam se aproximando, bestas horrendas criadas por Kest, criaturas que deslizavam, serpenteavam e rolavam pela mata. O aprendiz sentiu a pele arrepiar; ao esfregar o rosto, percebeu que era peludo. Segurava uma espada grande e pesada em sua mão de sete dedos.

Um grito ressoou na floresta, tão selvagem que o fez estremecer Ergueu a espada e esperou, observando o brilho das estrelas sobre o metal frio e sentindo o pelo eriçar em sua nuca. Rosnou, os olhos fixos nas formas que se aproximavam, estalando a vegetação rasteira. A escuridão era pesada, carregada de vapores e fumaça venenosos; esforçou-se para enxergar através dela e viu folhas se partindo, teve o vislumbre de um rabo ondulante, uma garra coberta de escamas.

De repente, a criatura surgiu em meio às folhas. Um dos dragões de Kest, enorme, as asas gigantescas bloqueando as luas, com seus três olhos gélidos a observá-lo de cima e o pescoço escamoso exsudando sangue e pus em razão dos ferimentos infligidos pelo povo Gato. Eles estavam mortos, seus queridos príncipes, porém a besta continuava viva. Seu ódio diante dessa fatalidade era tão feroz que ele ergueu a espada com as duas mãos e brandiu-a na direção da fera, gritando, mas ela desnudou uma gigantesca garra, pegou-o pelo ombro e disse:

– Raffi. Raffi! Pelo amor de Flain, garoto, acorde!

Com a respiração entrecortada e lágrimas escorrendo pelo rosto, Raffi fitou o Sekoi.

Ele deu uma risadinha presunçosa.

– Você voltou.

Confuso, Raffi abaixou lentamente as mãos vazias.

– O que foi... Quem...?

– Vocês o chamam de Kalimar. O último sobrevivente da Batalha de Ringrock. Você conhece a história. – Olhou de relance em volta com uma expressão sombria. – Vamos, antes que eles acordem.

Agarrando-o pela manga com seus longos dedos, o Sekoi arrastou-o às pressas para longe da pousada – Raffi percebeu de repente que eles estavam do lado de fora –, em direção às casas. A feirinha havia terminado, o solo lamacento encontrava-se repleto de feno e restos de hortaliças.

O aprendiz sacudiu a cabeça.

– Você não terminou a história...

– Nem preciso. Todos a conhecem. Só é preciso começar que eles terminam, pequeno guardião. – Parecia satisfeito consigo mesmo; prosseguia em meio às sombras com um gingado estranho e faceiro, a bolsa recheada de moedas dentro do bolso. – As coisas poderiam ter ficado complicadas. Então quer dizer que Alberic está procurando pela gente, é?

Raffi fez que sim. Continuava se sentindo embotado; ondas de rancor e pesar percorriam-lhe o corpo, deixando-o enjoado. O Sekoi o fitou com curiosidade.

– Você se deixou levar, pequeno guardião. Foi longe demais.

– Não tinha a intenção de escutar.

O Sekoi deu uma risadinha.

– É o que todos dizem. Onde está Galen?

– Galen! – Raffi tropeçou. – Ele está doente. Foi mordido na mão por uma garra-de-Kest.

A criatura fez um barulho com a garganta como se fosse cuspir.

– Eca! Então precisamos nos apressar. Ele precisa manter o corpo aquecido. Está delirante?

– Não. Ele já foi mordido antes.

– Tudo bem, mas isso é sempre sério, Raffi. Precisamos...

Parou de supetão e virou a cabeça.

Havia um homem parado diante deles na estradinha mal-iluminada, uma sombra escura contra as árvores. Um sujeito truculento num casaco escuro. Ele ergueu a balestra carregada, apontando-a na direção de Raffi.

– Também não tive a intenção de escutar – disse o homem, de modo brusco. – Já escutei suas histórias antes, Mestre dos Gatos. Foi difícil, mas, com o capuz levantado e uma das orelhas pressionadas contra o encosto do banco, consegui abafar a maior parte do som.

O Sekoi sibilou, irritado. Deu uma olhada rápida ao redor. A vila estava em silêncio. Não havia ninguém por perto.

– E agora? – sussurrou Raffi.

– Não tente nenhuma mágica, garoto. Nenhum truque dos guardiões, ou dispararei a flecha. Não pretendo matá-lo, mas Alberic não se importa com bens danificados. – Lançou-lhe um olhar malicioso. – Ele tem seus próprios planos de tortura para vocês. Agora, contra a parede.

O Sekoi recuou, e Raffi o imitou. Ainda se sentia meio tonto; flashes da história pipocavam em sua mente – o dragão, a floresta, o súbito peso da espada –, como se tudo isso fizesse parte do presente, ou ele estivesse em dois lugares ao mesmo tempo.

De repente, sentiu a rigidez do muro do campo contra as costas.

Godric aproximou-se um pouco.

– Onde está o outro?

Nenhum dos dois disse nada. Ele deu de ombros.

– A gente o pega depois. Alberic tem gente patrulhando por todos os lados. O anãozinho anda cuspindo veneno por causa de vocês três e daquela caixa mágica. – Ele mantinha o olhar fixo no Sekoi, e Raffi percebeu que havia algo mais em sua mente.

– Digam onde ele está ou vou amarrar vocês dois e a gente parte agora. – Godric, porém, não se moveu; olhava para o ouro. Raffi sentiu uma súbita fisgada de esperança.

O lacaio de Alberic aproximou-se mais um pouco.

– Ganhou um bom dinheiro, não foi?

O pelo do pescoço do Sekoi eriçou-se silenciosamente.

– Eu estava com sorte.

– Eu vi. – De repente, ele baixou a balestra. – Certo. Este é o trato: você me entrega o ouro e os dois estão livres para ir embora. Vou fingir que jamais botei os olhos em vocês. Combinado?

O Sekoi soltou um rosnado baixo, estranho – um som aterrorizante.

– Nunca – sibilou.

– Estou falando sério.

– Eu também. – Os olhos da criatura estreitaram-se, fendas de uma escuridão abissal.

A esperança de Raffi desceu pelo ralo.

– Como quiser. Vou tomá-lo de qualquer jeito.

Como um relâmpago, o Sekoi se virou e desapareceu nas sombras. Godric soltou um urro furioso e, num pulo, agarrou Raffi. Com um de seus poderosos braços, segurou o garoto pelos cabelos, enquanto pressionava a temível balestra contra seu pescoço.

Raffi congelou; o menor movimento poderia fazê-la disparar.

– O ouro! – rugiu Godric. – Jogue o ouro para mim ou eu mato o garoto!

Fez-se um longo silêncio. De repente, a voz do Sekoi ecoou de algum lugar nas proximidades, estranha e abafada.

– Sinto muito, Raffi.

– Você não pode me deixar aqui! – gritou, estupefato.

Ele quase podia sentir o Sekoi se contorcendo.

– O ouro – sibilou. – Não posso abrir mão dele!

– Patife! – Godric cuspiu, enojado. – O que o seu povo faz com todo esse ouro? Alberic adoraria encontrar o Tesouro Escondido. Ele existe, Mestre dos Gatos? É verdade?

– Alberic morreria afogado nele – ronronou a criatura.

– É mesmo?! – Godric parecia tenso de fúria. A balestra tremeu; Raffi entrelaçou as mãos com força.

Mas a flecha que cruzou a escuridão era azul, um poderoso raio que explodiu em chamas dentro de sua cabeça. Enquanto a escuridão retornava, sentiu o dragão mais uma vez, rugindo e avançando sobre ele, sugando-o para um poço sem fundo.

7

Que o guardião não possua nada além de sua fé.
Os Sekoi acumulam ouro
enquanto os homens desejam bens,
mas o orvalho que cobre a relva ao nascer
do dia é um tesouro que não tem preço.

Litania dos Criadores

AO ACORDAR, RAFFI viu-se envolto em seu próprio casaco, deitado sobre uma cama úmida de folhas mortas; elas farfalharam e estalaram quando ele se espreguiçou. Acima de sua cabeça, os troncos delgados das faias desapareciam na escuridão e as estrelas brilhavam através dos galhos entrelaçados.

Ficou imóvel por alguns instantes, olhando para cima; de repente, um estalar de madeira provocou-lhe um arrepio de medo, fazendo-o suar. Virou-se de lado.

Galen estava sentado ao lado de uma pequena fogueira. Tremia como se não conseguisse evitar, encurvado sobre uma xícara com algum líquido bem quente, mas, ao erguer os olhos, a sombra de um sorriso iluminou-lhe o rosto.

– Então, voltou ao mundo dos vivos, é?

Raffi sentou. Sentia-se estranho. Um dos lados da cabeça e o ombro estavam dormentes. A mão esquerda formigava.

– Você usou a caixa azul? – perguntou.

Galen fez que sim.

– Era tudo o que eu podia fazer. Mas você estava perto demais... Foi afetado pela explosão. – Deu uma risada amarga e cuspiu nas chamas. – Ainda bem que nosso querido Alberic não esgotou o poder dela.

– Godric morreu?

Galen lançou-lhe um olhar irritado.

– Não sou um Vigia, garoto. Ele está logo ali.

Ao se virar, Raffi percebeu que a fogueira fora armada numa pequena clareira entre as faias. Recostado a uma delas e com os tornozelos bem amarrados, estava Godric. A cabeça do grandalhão pendia de lado e algumas folhas mortas haviam caído sobre seus cabelos e seu peito. Mas ele respirava de forma compassada.

Ao lado dele, pescando com elegância as frutinhas depositadas num prato, estava o Sekoi.

– Você! – O aprendiz se levantou num salto, subitamente furioso. – O que pensou que estava fazendo?! Você ia deixá-lo me matar!

O Sekoi cuspiu um caroço.

– Bobagem.

– Você viu o que aconteceu? – Raffi voltou-se para Galen.

– Não. O quê? – perguntou ele baixinho.

– Godric prometeu me soltar se... se aquela criatura entregasse o ouro a ele. Uma bela sacola de ouro. Mas ele se recusou! Tudo o que disse foi: "Sinto muito, Raffi!"

Mesmo agora, mal podia acreditar que isso acontecera.

Galen permaneceu em silêncio.

O Sekoi enrugou o nariz e brandiu uma das mãos.

– Pequeno guardião, pense bem! E se eu tivesse entregado o ouro a Godric? Acha mesmo que ele teria voltado trotando até Alberic e dito: "Não os encontrei"? Até parece. Teríamos perdido você e o ouro.

– Como se você se importasse comigo!

– Raffi... – rosnou o guardião.

– É verdade! Tudo o que importava para ele era o ouro! Eu percebi! Pude sentir!

O Sekoi pareceu cintilar, seu pelo se eriçou, mas ele cruzou os braços calmamente diante do peito.

– Ah, sentiu, é?

– Senti.

– Muito esperto. Poucos guardiões conseguem interpretar um Sekoi.

Galen franziu o cenho.

– Já chega. – Jogou as últimas gotas de sua bebida sobre o fogo. – Não sei o que aconteceu. Só sei que Raffi se sente traído e que você... – Olhou para a criatura com uma expressão sombria. – ... está sentindo alguma espécie de arrependimento.

O Sekoi deu de ombros.

– Não tenho nada do que me arrepender.

– Graças a mim. No entanto, o garoto está certo. Precisamos saber onde estamos pisando. Até onde eu sei, os Sekoi sempre odiaram os Vigias.

– Eles nos escravizaram – rebateu a criatura.

– É verdade. Mas a Ordem...

O Sekoi brandiu uma das mãos, irritado.

– Não temos nenhum problema com a Ordem, Galen. Somos amigos, você e eu. E o pequenino aqui. Eu jamais trairia vocês.

– Mesmo assim. – Galen afastou os cabelos úmidos do rosto. – Conheço os Sekoi. No que diz respeito ao ouro, vocês não são confiáveis. Sua lealdade ao metal vai além de qualquer amizade que possa sentir pela gente. Compreendo isso. Mas o garoto ainda é muito jovem para entender.

O Sekoi se retraiu. Por fim, disse:

– Pode ser. Algumas coisas são sagradas demais para falarmos sobre elas. – Ergueu a cabeça, os olhos amarelos e penetrantes sob a luz das chamas. – Sinto muito, Raffi, mas Galen está certo. Sou seu amigo e sempre serei, mas temos nossas próprias crenças, e o ouro é... vital para elas. Não posso explicar por quê. Galen diz que não somos confiáveis. Infelizmente, sou obrigado a dizer que ele tem razão, mas estamos todos do mesmo lado.

– E se os Vigias lhe oferecessem ouro o bastante para nos entregar? – revidou o aprendiz, esfregando os braços com força. – E aí? Você nos entregaria, não é mesmo?

O Sekoi ficou calado. Coçou a marca em zigue-zague, pensativo. Por fim, falou:

– Deixe-me colocar da seguinte forma: se eu estivesse em perigo, você me ajudaria, certo?

– Claro que sim! Eu jamais...

– Sei. Sei. Mas e se o preço do meu resgate fosse entregar os segredos da Ordem? Todo o conhecimento escondido? Você trairia seu Mestre e todos os Criadores? Faria isso só para me salvar, Raffi?

O aprendiz sentiu-se tolo, confuso. Olhou de relance para Galen, o que não ajudou em nada. Correu as mãos pelos cabelos, soltando as folhas presas.

– Não sei – respondeu por fim.

– Não, não entregaria. Seria uma opção apavorante. Você tentaria encontrar outra saída. – Ele se inclinou para a frente, aproximando-se do fogo. – Você precisa entender que nós, os Sekoi, também temos nossos segredos, nossas crenças, e o porquê do Tesouro Escondido é um deles. O ouro pode ser apenas um metal para vocês.

Mas para nós é mais, muito mais. É o nosso maior sonho. Cada um de nós jurou aumentá-lo, moeda por moeda, grama por grama, até... – Ele parou e sorriu. – Bom, não posso dizer mais. Mas você entende? Por um segundo, naquele momento, quando ele me pediu que entregasse o ouro, vi-me diante dessa opção apavorante.

Raffi não disse nada.

O fogo crepitou, brilhando contra os troncos delgados das faias. De repente, em meio à sua própria confusão e irritação, Raffi viu Carys subindo uma escada interminável, dando voltas e mais voltas, carregando uma tocha, o piche pingando e crepitando. Olhou para ele de esguelha; estava assustada, os olhos alertas.

– O inter-rei! – falou por entre os dentes. – Concentre-se na sua missão, Raffi!

A imagem desapareceu, e ele se viu encarando a faia.

– O que foi isso? – Galen o segurava. – O que aconteceu?! Acho que você recebeu uma mensagem dos Criadores.

Raffi inspirou fundo. O Sekoi os observava com interesse.

– Uma visão? – murmurou a criatura.

– Vi Carys. Subindo uma escada. Ela mencionou o inter-rei. Só isso.

Galen curvou a cabeça.

– A culpa é minha. Deveríamos ser mais velozes!

– Mas você não consegue. De qualquer forma, para onde estamos indo?

– Pelo menos, isso eu sei. A única forma de descobrir onde a criança está é fazendo uma peregrinação até o poço. O Poço de Artelan.

Galen tocou as contas verdes e pretas de seus colares.

– Escutei sua reprimenda, Flain. – De repente, ele parecia exausto. Recostou-se de volta na árvore e disse: – Amanhã. Partiremos amanhã.

– Durma um pouco. – O Sekoi se aproximou, encostou uma das mãos na testa dele e, em seguida, em seus pulsos. Galen afastou-o com um safanão, fazendo-o rir. – Minha cura está funcionando. Você já não está tão quente.

– Eu gostaria de estar um pouco mais aquecido, Mestre dos Gatos.

O comentário partiu das sombras; virando-se, eles viram que Godric havia acordado e os observava. O Sekoi rosnou.

– Meu nome não é esse.

Mas jogou o casaco para Godric, um amontoado de tecido que o lacaio de Alberic pegou rapidamente. Sem se deixar perturbar, Godric sacudiu o casaco e envolveu o corpo com ele.

– Assim é melhor. Que tal alguma coisa para comer? – Coçou a barba com uma das mãos, observando Galen atentamente. – Você me deve isso, guardião, depois de quase me matar com sua relíquia.

Galen balançou a cabeça, cansado.

Raffi pegou o restante das frutinhas e colocou o prato diante dele.

Godric olhou para elas com repulsa.

– Dentes de Flain! Isso é tudo o que vocês comem? Até o cachorro de Alberic se alimenta melhor! – Ergueu os olhos. – Você ficaria melhor como meu prisioneiro, rapazinho.

Raffi tentou não parecer preocupado.

– Os guardiões têm coisas mais importantes para se preocupar do que com comida.

– Tá! – O grandalhão soltou uma gargalhada. – Pelo amor de Deus, Galen, ou o seu garoto está realmente exausto ou é um idiota. Me passe a sacola, Mestre do Gatos. Pelo visto, terei que alimentar meus captores. Essa é nova, preciso admitir... Alberic vai adorar saber disso.

Olhando de cara feia para Galen, o Sekoi vasculhou a sacola em busca de armas e, em seguida, a entregou a Godric. Ele pegou algumas frutas e outros pacotes menores. Os embrulhos tinham sido feitos com folhas frescas de faia e exalavam um aroma magnífico.

– Carne de veado. Defumada e recheada. Comprei no mercado. – Meteu um pedaço na boca e entregou o pacote a Raffi. – Vamos lá, garoto, coma um pouco. Você está pele e osso.

Raffi sacudiu a cabeça com teimosia, mas Galen murmurou:

– Faça o que ele diz.

Pasmo, o aprendiz correu os olhos em volta. Galen continuava recostado contra a árvore. A tremedeira havia parado, mas ele parecia fraco e esgotado.

– Vamos lá. Coma.

Godric limpou a gordura da barba com as costas da mão.

– Você também. E você, Gato.

– Nós não comemos carne – replicou o Sekoi com desprezo.

– Bem que me disseram. – Godric pegou um cantil de vinho e tomou um gole de forma barulhenta. – Medo de se viciar, é?

Raffi mal escutava. A carne estava uma delícia, saborosa e macia, temperada com ervas e sal; engolia cada bocada devagarinho, apreciando o sabor, lambendo cada resquício da ponta dos dedos.

Godric fitou-o, admirado.

– Aqui – rosnou –, coma mais um pouco. – Olhou de relance para Galen e falou com severidade: – Vou lhe dizer uma coisa, guardião. Nós podemos ser ladrões, mas cuidamos melhor dos nossos do que vocês.

Galen observava, os olhos negros calmos e imperscrutáveis. Tudo o que disse foi:

– Partiremos amanhã. Deixaremos você amarrado aqui, e as armas no meio daquele arbusto. Você está perto da estrada. Pode gritar. Mais cedo ou mais tarde, alguém irá escutá-lo.

– Provavelmente os Vigias!

Galen anuiu com seriedade.

– O problema é seu. Diga a Alberic que ele não irá nos encontrar e que jamais pegará a caixa de volta.

Godric bufou.

– São vocês que ele quer!

– Diga a ele. E, da próxima vez, ele não terá tanta sorte em encontrar seu homem com vida.

– Da próxima vez ele virá pessoalmente. – Godric tomou um generoso gole e esticou as pernas. – Aquele anão é um inimigo poderoso, guardião. O corpo dele pode ser pequeno, mas ele tem ideias brilhantes. Alberic reina porque todos têm medo dele. Virá atrás de vocês com o bando inteiro quando souber que estão por aqui. E não voltará sem vocês. – Soltou uma sonora gargalhada. – Em pedaços, provavelmente.

– Estamos acostumados a sermos caçados. – Galen virou de lado e ajeitou o casaco por cima do corpo. – Você fica de vigia? – perguntou para o Sekoi, a voz traindo a exaustão.

– Pode deixar. Durma.

Enquanto Raffi engolia o último pedaço de carne, Godric inclinou-se na direção dele, o cantil de vinho em sua mão.

– Faça um favor a si mesmo, rapazinho – murmurou. Seu hálito fedia a cerveja. – Abandone os dois. Eles se importam mais com seus próprios sonhos do que com você. – Pousou uma das mãos grandes sobre os cabelos de Raffi, bagunçando-os. – Venha comigo. Vire um ladrão. Se gosta de viver bem, essa é a vida, garoto. – Já bêbado, recostou-se e fechou os olhos. – Afinal de contas, o que você tem a perder? Já é um foragido mesmo.

O aprendiz afastou-se num gesto brusco e o fitou com amargura.

– Obrigado – respondeu. – Muito obrigado.

A TORRE DA MÚSICA

8

Para Flain, a cidade de Tasceron, dourada
e resplandecente;
Para Tamar, a montanha de Isel, fria e alta.
Para Soren, o Pavilhão da Música nas Colinas Verdes;
Para Theriss, o abismo azul do mar.
Para Kest, as planícies de Maar, reduto de horrores.
Acima de todos, as sete luas
e o Corvo, voando entre eles.

Litania dos Criadores

CHOVERA O DIA inteiro, e não havia sinal de que iria parar. Carys tinha desistido; o capuz não adiantara de nada, seus cabelos estavam molhados, escorrendo e pingando sobre a roupa encharcada. Tremendo de frio, incitou o cavalo a continuar, observando a água emergir em bolhas das luvas de couro.

Mais à frente, Braylwin esperava com três de seus homens sob um grupo de árvores de folhas negras. Cansado, o cavalo prosseguiu chapinhando na lama em direção a eles, e ela reparou que a tinta vermelha dos animais havia escorrido e pingava sobre as poças do caminho.

– Problemas? – perguntou Braylwin com indiferença. Usava uma capa de chuva preta que pendia abaixo do estribo; a chuva batia nela e escorria aos borbotões. A capa estava dura de cera.

– Ele está cansado. – Ela desmontou e se viu mergulhada na lama até os joelhos.

Braylwin sacudiu a cabeça em desaprovação.

– Eu falei para você arrumar um cavalo melhor – observou com rispidez, a voz sobressaindo acima da torrente de água. – E roupas, Carys! Gosto de ver minha patrulha bem vestida.

Agachada ao lado das patas do cavalo, ela explodiu:

– Não sou tão rica quanto você.

– Ah, isso é culpa sua, querida. Recompensas em dinheiro são apenas parte dos ganhos. Não esqueça as lembrancinhas dos aldeões, os subornos, os pequenos incentivos. Seu problema, Carys, é que você passou tempo demais com os guardiões.

Ela soltou a pata do cavalo, deu um tapa em seu flanco e ergueu os olhos.

– Isso é assunto meu.

O rosto rechonchudo se abriu num sorriso.

– É mesmo?

– A que distância estamos desse maldito lugar? – perguntou, irritada.

– A que distância? – Ele soltou uma das mãos gorduchas da rédea e apontou. – É logo ali.

Ela olhou. Viu uma vastidão, uma forma que se elevava indistinta e cinzenta em meio à névoa provocada pela chuva. A princípio pensou que fosse uma nuvem, uma forte condensação de neblina que se erguia em direção ao topo das montanhas, mas então percebeu com um calafrio que era uma coisa real, uma enorme construção na encosta da montanha, com uma série incontável de aposentos, escadas, varandas e galerias, distante e gigantesca, e com os telhados cobertos de neve. E, no topo de tudo, como uma lança de gelo afiada, a torre mais alta ostentava a bandeira preta dos Vigias.

A Torre da Música.

Galen teria adorado isso, pensou, enquanto a chuva escorria por seu rosto e caía dentro de seus olhos, aquela forte tempestade que desabava do céu pesado e cinzento. E Raffi ficaria maravilhado.

Eles teriam rezado, imaginou com ironia. Olhando para aquelas paredes imensas, ofuscadas pela chuva, quase sentiu vontade de rezar também.

Braylwin a observava. Mas, quando a chuva aumentou de intensidade, mais feroz do que nunca, ele virou o cavalo rapidamente.

– Vamos – chamou, irritado. – Antes que a gente se afogue aqui.

Carys começou a andar, guiando o cavalo pela trilha íngreme da montanha. A torre erguia-se acima deles; reparou que ela fora construída no decorrer dos séculos, com cômodos gradativamente acrescentados, reparados, arruinados, negligenciados, restaurados. Todos os Imperadores passavam o verão ali, longe do calor de Tasceron, erguendo seu palácio luxuoso em torno do núcleo escondido do pavilhão de Soren, o lugar que, tempos atrás, ela escolhera para si quando os Criadores dividiram as Terras Acabadas entre eles. Agora a Torre pertencia aos Vigias, uma de suas maiores fortalezas, onde todos os impostos, pilhagens e tesouros eram mantidos. E os registros, a complicada burocracia de arquivos, papéis e relatórios de seus milhões de agentes. Se quisesse realmente descobrir mais sobre si mesma, sobre os Vigias e sobre o inter-rei, esse era o lugar. Mas teria de ser cuidadosa. Muito cuidadosa.

Enquanto conduzia o cavalo pelas pedras escorregadias, secou o rosto e olhou de cara feia para as costas de Braylwin. Todos os anos, ele passava o inverno ali, em seus aposentos, quente e sequinho. E ali eles ficariam – até que tivesse notícias de Galen. Sacudiu a cabeça, irritada. Devia ter alertado o guardião.

Eles levaram uma hora subindo para chegar ao bastião externo, e mais meia hora para ser revistados, preencher os formulários de identificação e pegar os papéis, permissões e passes, a fim de terem acesso aos pátios internos.

Enquanto seguia Braylwin por pórticos e pátios pavimentados, Carys ficou maravilhada com a quantidade de gente: escribas, arquivistas, escreventes, tradutores. Havia homens puxando grandes carrinhos abarrotados de papéis, filas compridas diante de portas, multidões observando os avisos pendurados em centenas de murais. A maioria deles parecia limpa e bem-alimentada; somente alguns eram agentes de campo ou mensageiros, com uma aparência muito mais depauperada. Ao subir uma enorme escada, ela olhou para baixo e viu uma fila interminável que desaparecia sob um dos pórticos – não eram Vigias, e sim homens e mulheres de aspecto cansado e macilento, e alguns preguiçosos Sekoi.

– Quem são eles?

Braylwin fez uma ligeira pausa para dar uma olhada.

– Pedintes. Pessoas procurando por seus familiares. Criminosos. Desgraçados.

Ele voltou a subir desajeitadamente. Passado um minuto, ela o seguiu.

Eles percorreram cerca de um quilômetro e meio até chegarem aos aposentos de Braylwin, atravessando um labirinto de quartos e corredores conhecido como Palácio Inferior. Passado um tempo, Carys percebeu que, mesmo com todo o seu treinamento, estava totalmente perdida. Uma vez lá, Braylwin seguiu por uma passagem estreita, abrindo portas, reclamando da poeira e dos objetos de decoração que não estavam no lugar em que os havia deixado. Ela sabia que os oficiais de serviço dormiam do lado de fora da porta, ou então em um dos infindáveis dormitórios presentes em todas as Casas dos Vigias. Estava esperando uma das duas opções, porém Braylwin a conduziu com afetação até o fim de um dos corredores e abriu uma porta.

– Para você, docinho.

Carys deu uma espiada.

Um quartinho pequeno, com uma cama, uma lareira vazia e um baú, e com uma goteira num dos cantos. Contudo, ao se aproximar da janela e olhar para fora, abriu um sorriso ao ver que o quarto localizava-se no alto de uma das torres, com vista para o emaranhado de ruas, pátios e becos abaixo.

Estava feliz por poder ficar sozinha. Já estava começando a implicar com a Torre da Música.

– Serve – disse, virando-se.

Braylwin soltou uma risadinha presunçosa.

– É verdade. Assim posso ficar de olho em você, Carys.

Ela levou três dias para encontrar um mapa do lugar. Todas as manhãs, Braylwin ditava longos relatórios sobre a coleta de impostos realizada durante o verão para um arquivista estressado que fora designado a trabalhar com ele.

O homem merecia uma medalha, pensou Carys de mau humor, observando o sonso líder dos Vigias implicar, elogiar e caçoar do subordinado. O nome dele era Harnor. Numa das vezes, viu quando ele lhe lançou um rápido e exasperado olhar de esguelha, mas Harnor nunca perdia a paciência. Braylwin, por sua vez, era sempre presunçoso, vangloriando-se e inventando incontáveis relatos absurdos até se cansar do jogo e mandar um de seus oficiais de plantão ir buscar-lhe o almoço. Depois disso, passava as longas e chuvosas tardes dormindo ou se divertindo com um grupo de idiotas desagradáveis que chamava de amigos.

Ele raramente a requisitava, embora a mantivesse sempre por perto; apenas durante as tardes é que ela conseguia desaparecer sem levantar suspeitas.

– Vá dar uma voltinha – dissera ele certa vez, enquanto lixava as unhas enormes. – Este lugar é um labirinto, Carys, você nunca irá encontrar nada do que precisa aqui. Seu amigo Galen vai adorar quando o trouxermos para cá. – Deu uma piscadinha, o que a deixou com vontade de vomitar.

Uma coisa que ela logo percebeu foi que a chuva ali não parava nunca. O clima devia ter mudado desde a época do Imperador, porque agora a torre encontrava-se constantemente envolta em nuvens de chuva; a água escorria a tarde inteira por calhas, ralos e bicas, salpicando as carrancas de bestas horrendas e gnomos que cuspiam sobre a cabeça dos apressados arquivistas lá embaixo. Ela também escorria sem parar pelos telhados, pingando, se acumulando e correndo por canos e drenos, ou formando cortinas, num regurgitar interminável de líquido, até Carys começar a imaginar que essa era a música da torre, a canção que entoava através das gargantas, bocas e artérias de seu corpo gigantesco.

A princípio, perambulou sem destino, tentando apenas encontrar o caminho de volta até o pátio mais próximo, mas logo descobriu que era inútil; numa das vezes, levou três horas para encontrar os aposentos de Braylwin novamente.

Enquanto subia as escadas, cansada, deparou-se com Harnor descendo.

– Como você consegue andar por esse labirinto? – bufou.

Ele a olhou, surpreso.

– Com a ajuda dos mapas. De que outra maneira?

– Mapas? Onde?

Harnor a fitou por alguns instantes. Em seguida, meteu uma pasta grossa debaixo do braço e disse:

– Eu lhe mostro.

Com Harnor guiando o caminho, eles desceram três lances de escada e seguiram por uma galeria cujas paredes tinham, outrora, sido decoradas com pássaros brilhantes. A pintura estava agora desbotada, encoberta por grandes manchas úmidas de onde brotava o musgo. Harnor parou ao atingir o fim da galeria e abriu uma pequena porta.

– Tem um aqui.

Carys entrou cautelosamente atrás dele, mas, do outro lado da porta, deparou-se apenas com uma sacada. Ao olhar para baixo, viu um salão gigantesco, repleto de mesas e tomado por um burburinho de vozes. Milhões de moedas estavam sendo contadas ali. Deu uma risadinha, pensando no Sekoi.

– Esse é o mapa. Há outros, espalhados pelo Palácio Inferior. Quer papel? Pode fazer uma cópia. Leva um tempo até você se acostumar a andar por aqui.

Enquanto Harnor procurava na pasta por uma folha em branco, ela o observou com curiosidade. Ele era muito pálido, como se não pegasse nenhum sol. Achou um papel e o entregou a ela.

– Obrigada. Há quanto tempo você vive aqui?

– Minha vida inteira. – Abriu um sorriso amargurado. – Mais de quarenta anos. Tinha esperanças de me tornar um agente de campo, mas sei que não vai acontecer. Estou velho demais.

Ela assentiu e olhou para o mapa: um emaranhado gigantesco de aposentos e pátios pintados na parede, cada qual com seu nome escrito em tinta prateada.

– Isso não é trabalho dos Vigias.

– É da época do Imperador. Existem vários resquícios desses dias espalhados por aí. A maior parte foi destruída, mas esse lugar é tão grande que...

– Você já conseguiu explorar tudo? – perguntou Carys baixinho.

Ele a fitou de um jeito estranho, com um olhar meio assustado.

– Claro que não. Ninguém nunca conseguiu fazer isso. Há lugares em que a entrada é proibida.

Ela havia se virado e começado a copiar o mapa, mas parou imediatamente.

– Que lugares?

Ele pareceu incomodado.

– A Grande Biblioteca... além de outros. Não sei muito bem, juro.

Carys se virou para ele. Harnor era um homem pequeno, com a barba bem-aparada e o cabelo precocemente grisalho. Ele desviou os olhos.

– Isso é tudo?

Ela fez que sim, pensativa.

– Obrigada. Sim, é tudo.

Enquanto o observava se afastar às pressas, deu-se conta de que ele tinha medo dela. Isso era normal. Todos os Vigias espionavam uns aos outros; essa era sua força. No entanto, havia algo mais ali; tinha sentido aquele ar de perigo. Sempre fora boa nisso. "A melhor da turma, mais uma vez", dissera o velho Jellie com um assobio de aprovação, tempos atrás, no saguão gelado da Casa dos Vigias, nas Montanhas de Marn. O restante da turma a encarara com despeito, inveja ou admiração, todos aqueles que viviam lá com ela, todas as crianças que os Vigias haviam roubado...

Mordeu o lábio e voltou sua atenção para o mapa, irritada.

Levou mais ou menos uma hora para copiá-lo e, mesmo assim, ficou parecendo um esboço feito às pressas. Os nomes dos aposentos a deixaram encantada: a Galeria do Riso – como seria ela? E o Corredor dos Vasos Quebrados – o que será que acontecera ali? Mesmo antes de terminar de copiar, viu que se tratava apenas do Palácio Inferior. Havia muito mais: quartos secretos e alas inteiras que precisavam de passes extras até para entrar. E, acima de tudo isso, o Palácio Superior, totalmente desconhecido. Mas era um começo.

Naquela mesma noite, ao voltar para seu quarto, Carys jogou-se na cama e, enquanto mastigava os deliciosos canapés recheados que haviam sobrado da última festinha de Braylwin, estudou o mapa, ignorando o incessante pinga-pinga da goteira enchendo o balde. Por fim, deitou-se de costas e olhou para o teto. Por onde começar? Primeiro, precisava descobrir mais sobre si mesma. Depois – franziu o cenho, sabendo que era traição e que, se eles descobrissem, ela ficaria em sérios apuros –, depois precisava descobrir se Galen estava certo. Segundo ele, os Vigias eram os verdadeiros malfeitores.

E o que eles faziam com as relíquias que encontravam? Destruíam por serem objetos abomináveis, era o que tinham lhe ensinado; contudo, desde então ouvira outras versões, e não apenas de Galen. Que essas relíquias eram guardadas ali, e que havia quartos lotados delas. E que elas tinham poderes de verdade. Franziu o cenho; disso ela própria era testemunha. Havia outro rumor também, algo que jamais era dito em voz alta, apenas insinuado. Que os Vigias tinham um Governante; que, em algum lugar, acima de todos os sargentos, castelãos, comissários, comandantes e líderes, havia outra pessoa, secreta, que sabia de tudo. Fez que não. Jamais contara nada disso para Galen ou Raffi, e, mesmo agora, duvidava que fosse verdade. Mas tinha que descobrir.

Virou-se e pousou um dedo no mapa, sobre um pequeno corredor que seguia para o norte. Esse era o caminho. Subir; lá em cima haveria menos gente. Tinha um bom nível de acesso, conseguiria chegar até lá. O corredor dava num lugar chamado Salão das Luas. Sob ele, escrito na caligrafia dos Vigias, a palavra *Nascimentos*. Começaria por lá amanhã.

Ao se sentar para pegar outro canapé, viu o olho. Ele a observava da parede, sem piscar, e, por um segundo, Carys sentiu um calafrio de medo, fazendo com que sua mão avançasse em direção à balestra, mas então soltou a respiração e riu de si mesma.

O olho continuava observando-a, claro e penetrante.

Levantou-se e cruzou o quarto. Pegou uma pequena faca que trazia no bolso e tentou soltar a massa, que, úmida, começou a cair em blocos.

A figura foi aparecendo pouco a pouco, pintada em belíssimos tons de dourado e vermelho; um homem grande e barbudo, carregando um filhote de felino noturno que se contorcia em seus braços. Sabia de quem se tratava. Tamar, o Criador que dera vida aos animais. O inimigo de Kest.

Carys voltou a se deitar na cama e olhou para o homem. Dois meses antes, em Tasceron, Galen havia falado com esses Criadores. E ela os escutara responder.

Ou pensava que tinha escutado.

Continuou olhando para a imagem na parede noite adentro.

9

Ele sobrevoou Maar na forma de uma águia
e viu o grande poço escavado,
do qual se desprendia uma fumaça voraz,
carregada de gritos estranhos.
Tamar, então, sentiu medo e percebeu
que isso era uma afronta aos Criadores.

Livro das Sete Luas

– PLANEJANDO IR A algum lugar?

Braylwin sorriu com doçura por cima do ombro de Harnor.

Carys parou junto à porta.

– Vou dar uma caminhada.

– Ah, mas aonde pretende ir? Conte pro titio.

Ela fez uma careta e se virou.

– Estava pensando em buscar algumas informações de inteligência. Sobre... – Olhou de relance para as costas do arquivista. – Sobre aquela pessoa que Galen está procurando.

– Ah! – A expressão dele mudou. – Boa ideia. Por que não?

Contudo, quando Carys começou a se afastar, ele gritou:

– Quero escutar tudo sobre suas descobertas quando voltar.

– Claro que sim – murmurou ela, prosseguindo pelo corredor.

Cinco minutos depois, percebeu que estava sendo seguida. Braylwin não enviara um de seus homens, e sim uma mulher num vestido vermelho, que ela deveria supostamente notar, e um garoto magro, que não deveria. Deu uma risadinha. Ele era esperto, mas esse era um procedimento padrão. Talvez o treinamento estivesse melhor hoje em dia.

Despistou a mulher na Praça do Peixe Arco-Íris, com sua série de barraquinhas dilapidadas e vendedores de comida. O garoto, porém, foi mais difícil. Sabia que precisava fingir que não tinha consciência de que ele estava ali, fazendo-o acreditar que a perdera de vista por acidente. Passou por várias portas e corredores, mas o menino sem dúvida conhecia os recantos do palácio melhor do que ela. De repente, teve outra ideia. Deixaria que ele a seguisse.

Encontrar o Salão das Luas foi penoso, mesmo com o mapa. Carys atravessou uma série incontável de corredores: um tão escuro que precisava ser iluminado por velas; outro contendo milhares de cadeiras quebradas e arrumadas numa pilha bizarra, toda entrelaçada e com um túnel de passagem bem no meio. O Túnel do Pesadelo, que estivera tão ansiosa para ver, era todo pintado de preto e sem iluminação alguma. Cruzou o túnel com a balestra na mão; apenas três pessoas passaram por ela, como se todos evitassem passar ali. A chuva escorria pela Galeria das Lágrimas, pingando do enorme teto dourado e levando-a a pensar em como o nome parecia adequado. Virou uma esquina e continuou subindo por um labirinto de corredores, seguindo sempre para o norte. Por uma ou duas vezes, ao atravessar uma praça ampla ou um aposento comprido, vislumbrou o garoto ao longe. Mas era esperta, nunca óbvia.

O Salão das Luas era protegido por duas grandes portas e vigiado por dois guardas, os primeiros que via até então. Algumas pessoas entraram antes dela; os papéis e o distintivo que ela carregava mal foram vistoriados. Ser uma espiã dos Vigias tem suas vantagens, Galen, pensou com sarcasmo.

Parou ao entrar, totalmente maravilhada.

O salão era gigantesco, tão grande que mal dava para ver a extremidade oposta sob a fraca iluminação. Em um dos lados, as janelas iam do chão ao teto; no outro, as sete luas tinham sido pintadas na parede com os traços característicos de sua superfície: crateras, morrotes, colinas e vales. E, segurando-as como se fossem de brinquedo, as sete irmãs: Atelgar, Pyra, Lar e todas as outras, representadas com dez vezes seu tamanho real, em tons de creme e dourado.

Carys seguiu cautelosamente até uma mesa num dos cantos. Um homem alto se virou para ela.

– Pois não?

– Gostaria de ver os registros de uma das Casas dos Vigias. A 547, nas Montanhas de Marn.

– Sua permissão?

Ela puxou a correntinha de prata que trazia no pescoço e entregou o distintivo. Ele ergueu os olhos, surpreso.

– Sua própria casa?

– É.

– Normalmente isso não é permitido.

– Mesmo para aqueles que têm um distintivo de prata?

Ele devolveu o objeto com um gesto lento.

– Qual é o propósito?

Carys o fitou. Parecia subitamente zangada.

– O propósito é segredo. Se não pode me ajudar, talvez eu deva falar com seu superior.

O sujeito retraiu-se ligeiramente.

– Não é preciso. Vou buscar – respondeu, baixinho. – Por favor, acomode-se na mesa 246. Levarei os registros para você.

Ela virou e se afastou com passos duros, a cabeça erguida. Assim que encontrou a mesa, acomodou-se e olhou ao redor, mal-humorada. Ele poderia delatá-la. Ou não. Não dava a mínima.

O homem voltou com os registros, três enormes livros vermelhos. Carys assinou o formulário de requisição e começou a folheá-los ansiosamente, mas logo ficou desapontada.

Havia uma lista com o nome das crianças trazidas a cada ano, e sua idade na época, mas isso era tudo. Não constavam nem a vila nem a família de origem. Todas as crianças das Montanhas de Marn daquele ano tinham o mesmo sobrenome – Arrin – porque era o sobrenome do castelão. Ponderou por alguns instantes o porquê de *Carys*, mas não havia como descobrir.

Ao encontrar seu nome e seu próprio número, fitou-os com frieza por um longo tempo, como se eles pertencessem a outra pessoa. E, de certa forma, pertenciam. Ficou surpresa pelo rancor que a acometeu; os Vigias haviam tomado tudo o que tinha, incluindo sua família e até mesmo seu nome. No entanto, era isso o que o Mandamento dizia: "Os Vigias são seu nome e sua família."

Fechou o livro e tamborilou os dedos sobre ele, pensativa. Tinha sido estupidez achar que encontraria alguma coisa ali. Eles cobriam seus rastros muito bem; não queriam que ninguém soubesse mais do que deveria. Quanto ao inter-rei, era inútil tentar descobrir qualquer coisa.

De repente, levantou-se, atravessou o interminável salão, passando pelo arquivista sem sequer olhá-lo, e saiu de volta para o labirinto.

Braylwin não ficou impressionado. Enquanto alisava as mangas de seu novo casaco, observou-a atentamente pelo espelho.

– O Salão das Luas? Fui lá pessoalmente há alguns anos. Você estava mesmo procurando informações sobre o inter-rei, mocinha? Ou algo mais? – O rosto rechonchudo a fitava com olhos penetrantes. – Será que a pequena Carys estava procurando pela sua mamãe?

Ignorando o comentário, ela perguntou:

– Você já esteve no Palácio Superior? Na biblioteca?

Ele deu de ombros.

– Não, nunca. Não é um lugar de fácil acesso. E também não há nenhum mapa do Palácio Superior... Essa área é praticamente desconhecida. Talvez os líderes saibam como chegar lá. – Deu uma risadinha. – Todos aqueles deliciosos segredos, Carys.

Ela fez que sim, pensando.

– E deve ser vigiado, é claro.

– Três bastiões, cada qual com uma porta de metal. Uma vez lá dentro... – Ele se virou, interessado. – Sabe o que me disseram? Que embaixo dessa montanha existem túneis, uma verdadeira rede deles. E que as criaturas de Kest espreitam essa região. Às vezes, algumas delas encontram uma maneira de chegar às passagens e aos corredores do Palácio Superior. E elas têm permissão para isso. Aproximam-se sorrateiramente à noite. Comem um ou outro espião desavisado, imagino, ou qualquer guardião fanático que seja capaz de chegar até lá. – Abriu um sorrisinho presunçoso, satisfeito consigo mesmo.

Carys o encarou, subitamente desconfiada.

– Isso são histórias para assustar as crianças, Braylwin.

– São mesmo, é? Quem sabe o que acontece na Torre da Música... não é esse o provérbio? – Virou-se novamente para o espelho e ajustou as mangas. – Ninguém conhece nem metade deste palácio, nem mesmo nós, venerados Vigias. Logo após a tomada da Torre, as patrulhas se perdiam com frequência. Um dos grupos morreu de fome; seus ossos foram encontrados dias depois. Apenas os ossos, perceba. Alguma coisa os havia comido. Além disso, existe a lenda do Salão Perdido...

– Continue – incitou-o de modo seco, descascando uma fruta com a faca. Sabia que ele a estava provocando, que poderia ser tudo invenção.

Braylwin examinou uma mancha no queixo.

– É uma história famosa por aqui. Certa noite, um capitão chamado Feymir bebeu demais, saiu para dar uma volta e se perdeu. Na manhã seguinte, ele entregou um relatório sobre um enorme salão que havia descoberto, repleto de bugigangas dos Criadores. Quando tentou voltar lá, não conseguiu. Ninguém nunca conseguiu. O que quer que ele tenha bebido, devia ser forte.

Do lado de fora da janela aberta, a chuva continuava a castigar o telhado.

Braylwin ajeitou o gorro e deu um passo para trás.

– Como estou?

– Um charme – respondeu ela, comendo a casca.

Ele pegou um par de luvas sobre a mesa e seguiu para a porta.

– Não me espere acordada!

Assim que ele saiu, Carys fincou a faca na mesa, enojada. A lâmina penetrou fundo na madeira, vibrando. Com a cabeça apoiada entre as mãos, olhou de cara feia para a chuva lá fora. Que diabos havia de errado com ela? Jamais se sentira tão inútil – como se fosse um rato em algum labirinto, andando de um lado para o outro sem chegar a lugar algum. Acalme-se, ordenou a si mesma de maneira furiosa. Pense! A torre tinha esse mesmo efeito em todos; já percebera como as pessoas que tentavam descobrir qualquer coisa sempre acabavam se sentindo frustradas, desconcertadas, à beira do desespero.

Não permitiria que isso acontecesse com ela!

Pelos dois dias seguintes, Carys leu vários arquivos, analisou relatórios, verificou uma série incontável de papéis inúteis. E, então, tentou entrar no Palácio Superior. O primeiro time de guardas a mandou voltar, apesar de seus argumentos, passes e subornos. Como último recurso, explorou exaustivamente, percorrendo por horas a fio os aposentos que ainda não vira, chegando a descobrir uma área que não constava nem no mapa, uma ala inteira de cozinhas e áreas de serviço em desuso, tantos andares abaixo de onde se encontrava que provavelmente se situava no subterrâneo. A ala estava vazia, escura, e foi ali, ao virar num corredor, que ela parou e escutou, com a balestra na mão.

Um uivo distante e estranho elevou-se do chão, bem abaixo. Esperou em silêncio, totalmente imóvel, e, por fim, escutou-o de novo, indubitavelmente mais próximo, ainda que abafado, como se houvesse camadas de pedra – aposentos, calabouços, porões – entre eles. Não era humano. Carys agachou-se e encostou o ouvido no chão de pedra. Havia alguma coisa à espreita lá embaixo; quantos andares, ela não saberia dizer. Prendeu os cabelos atrás da orelha e aprumou a balestra, a pele arrepiada diante do uivo ameaçador. O que quer que fosse soava faminto e feroz. Passado um tempo, levantou-se e prosseguiu, a balestra escorada e carregada. Talvez Braylwin tivesse dito a verdade afinal.

Teve a impressão de escutar outro uivo semelhante, muito ao longe, ao cruzar o Corredor das Colmeias, mas nenhuma das pessoas que passou por ela com os braços carregados de papéis falou sobre isso ou deu a entender ter sequer percebido.

Ao voltar desesperada para seus aposentos no fim da tarde do terceiro dia, encontrou Braylwin roncando e o balde no quarto transbordando. Foi a gota d'água. Furiosa, esvaziou o balde pela janela, virou-se e encarou os olhos brilhantes de Tamar.

– Tá olhando o quê? – rosnou. – Você não pode fazer nada?! Galen diria que sim. Então faça!

Saiu do quarto pisando duro, foi até uma das sacadas do Salão da Rosa Azul e chutou a ornada balaustrada. Uma multidão agitava-se à sua volta. Ninguém falava nada. Ninguém se importava com ela naquele formigueiro imundo – ninguém sequer a conhecia. Até mesmo Braylwin desistira de mandar segui-la. Sentiu um súbito e feroz desejo de que Raffi estivesse ali, pelo menos assim poderia conversar e rir com ele. Nem se lembrava mais de quando fora a última vez em que tinha dado uma boa risada.

De repente, viu o arquivista passar sob a sacada. Harnor cruzou a sala rapidamente, levando uma pasta debaixo do braço. Carys o chamou, mas ele não ouviu. Sentiu uma súbita vontade de conversar com ele, com qualquer um. Desceu correndo a escada, a tempo de vê-lo desaparecer por uma porta. Saiu em disparada atrás, abrindo caminho entre a multidão.

Pelo visto, Harnor estava com pressa. Caminhava rápido, e ela só conseguiu alcançá-lo depois que ele já tinha cruzado a Passarela dos Túmulos e dois pátios.

Foi então que percebeu que ele não desejava ser visto.

Harnor estava a caminho de algum lugar, e parecia apreensivo. Olhava de um lado para o outro com demasiada frequência e, ao passar pelos guardas, deu a impressão de estar assustado e alerta. Carys manteve certa distância, curiosa. Continuou seguindo-o, lançando mão de toda a astúcia de seu treinamento.

Ele desceu um longo corredor e passou por uma terceira porta. Carys a abriu devagarinho e deparou-se com uma espécie de almoxarifado – com estantes enormes e prateleiras repletas dos mais diversos tipos de papéis. Não havia ninguém ali. Viu outra porta menor nos fundos do cômodo; atrás dela, uma série de degraus descia em direção a uma passagem úmida, com um rato morto bem no meio dela. De algum lugar nas redondezas chegava o barulho de água gotejando.

Vislumbrou o vulto de Harnor em meio à escuridão à frente.

Estava intrigada. O que será que havia ali embaixo? E por que ele parecia tão nervoso? Por duas vezes precisou esperar, ofegante, enquanto ele parava e se virava para olhar para trás. A passagem terminava numa curva, e depois mais outra. Harnor andava rápido; sabia o caminho. De repente, na última virada, ao meter a cabeça para dar uma espiada, encontrou apenas a escuridão. Era um beco sem saída.

Harnor, porém, havia desaparecido.

Com cuidado, atravessou o corredor.

Ele terminava abruptamente numa parede de pedra pela qual a água da chuva escorria em canaletas esverdeadas. Era uma parede firme e sólida, assim como as duas ao lado; Carys correu o dedo pela superfície escorregadia, atônita.

Onde ele se metera?

Percebeu de repente, com um estremecimento de satisfação, que aquilo era importante, era o que estava procurando. Tomada por um entusiasmo febril, começou a empurrar e cutucar cada uma das pedras. Ajoelhou-se e correu as mãos pelas junções e cantos da parede. Até que sentiu uma lufada de ar.

Leve, porém fria. Tateando com a ponta dos dedos, encontrou uma rachadura larga em meio à escuridão de um dos cantos e descobriu um pequeno círculo em alto-relevo, suave e tépido ao toque. Soube de imediato que aquilo era obra dos Criadores; encontrara painéis daquele tipo na Casa das Árvores. Inspirou fundo e pressionou o botão.

Em silêncio, com uma delicadeza que a deixou fascinada, parte da parede se desfez. Uma pequena passagem surgiu e, atrás dela, um aposento fracamente iluminado.

Com cuidado, ergueu a balestra e entrou.

10

Promoções precisam ser conquistadas.
Sejam implacáveis;
muitos serão esmagados.

Mandamento dos Vigias

ELA SE ENCONTRAVA numa sala mal-iluminada. A luz entrava por uma janela no alto da parede; o resto parecia envolto ou bloqueado pelas sombras.

O aposento estava cheio de objetos arrumados em pilhas altas. Alguém se movia em meio à escuridão. Carys escutou passos, um rangido e uma pancada de algo se fechando.

Aproximou-se de forma sorrateira e cuidadosa, e descobriu que avançava entre torres gigantescas de caixas empoeiradas, livros de contabilidade, astrolábios, coleções de crânios e mapas dependurados que lhe roçavam o rosto com suas pontas macias e cobertas de teias. Um facho de luz estranhamente constante iluminava o caminho à frente. Sem fazer barulho, Carys agachou-se atrás de uma caixa de madeira e espiou o entorno com cautela.

Harnor estava sentado a uma mesa alta, mergulhado na luz de uma lamparina – uma lamparina dos Criadores, a qual incidia sobre seus cabelos grisalhos e seus ombros encurvados com inacreditável luminosidade. Lia um volume grosso, enorme, virando as páginas com um farfalhar seco e suave. Esse era o único som no ambiente.

O ir e vir apressado das multidões na torre parecia estar a quilômetros de distância.

Carys deu uma olhada em volta, absorvendo tudo. Galen talvez soubesse para o que algumas daquelas coisas serviam – ela não fazia ideia. Havia caixas, painéis, feixes de fios partidos, aparelhos bizarros com telas, botões e diais que Carys sabia serem relíquias, objetos antigos colecionados pelos Imperadores. Havia também livros inestimáveis, estátuas de mármore, representações de árvores e um esqueleto completo de algum animal pequeno e desconhecido, assim como um globo que reproduzia os continentes de Anara, até mesmo os Inacabados, com estranhos pedaços de papel presos em toda a sua circunferência.

Harnor virou outra página.

Em meio ao silêncio, Carys coçou a bochecha, pensativa. Em seguida, levantou-se e andou em direção à luz.

Ele estava tão concentrado que, por um momento, não percebeu a presença dela. Quando o fez, seu corpo inteiro se contraiu, aterrorizado; levantou-se num pulo, derrubando o banco com um baque ensurdecedor em meio ao silêncio.

– Você! – Seus olhos pairaram acima dos ombros dela, arregalados de medo. Parecia engasgado demais para dizer qualquer coisa com clareza. – Como...?

– Eu segui você. – Ela se acomodou na beirada da mesa, segurando a balestra de forma descuidada. – Não precisa se preocupar. Não há mais ninguém aqui comigo.

Assim que disse isso, percebeu que talvez tivesse cometido um erro. Mas ele estava apavorado. Engoliu em seco, esfregando o rosto de maneira febril; em seguida, deu um passo na direção dela.

Carys ergueu a balestra, mas ele já havia parado e segurava a borda da mesa como se tentasse se manter em pé.

– Pelo amor de Deus – disse, numa voz rouca –, por tudo o que é mais sagrado, não conte nada a eles!

– Não me surpreende que esteja preocupado.

– Não brinque comigo! – A explosão surgiu como um grito de agonia. – Eu tenho mulher e dois filhos! O que vai acontecer com eles?! Pense neles, por favor!

– Não vou contar nada a ninguém.

– Mas você é uma espiã. Trabalha para Braylwin, e se ele...

– Se ele descobrisse, você se veria atrás das grades num piscar de olhos, mas não sou Braylwin. E não trabalho para ele. – Deu uma risadinha. – Não notou como ele está sempre mandando alguém me vigiar?

Confuso, Harnor levou as mãos à cabeça.

– Todos são vigiados.

– Exceto você, ao que parece. Um homem pequeno e tímido em quem ninguém repara. – Brandiu a arma, curiosa. – Há quanto tempo vem aqui?

Ele deu de ombros e, então, começou a gaguejar.

– Eu... eu... não tenho certeza... uns vinte anos.

– Vinte anos! Alguém mais sabe disso?

– Não. – Por um momento, seu olhar foi orgulhoso, quase ambicioso. – Isto aqui é meu. De ninguém mais. Com exceção... – Levou a mão novamente à cabeça, desesperado. – Com exceção de você.

Carys sorriu. Botou a balestra deliberadamente no chão e cruzou os braços.

– Escute, Harnor. Não estou investigando você. Descobri esse lugar por acidente. Agora, sente-se.

Ele se sentou, aparvalhado, como se tivesse envelhecido de repente, as mãos entrelaçadas, o rosto magro e abatido. Ela podia ver o suor escorrendo por seu rosto. Inclinando-se para a frente, disse baixinho:

– Pode confiar em mim?

– Que diferença faz?! Você descobriu tudo.

– Descobri mesmo. – Ergueu os olhos para as pilhas de caixas. – Que coisas são essas? Relíquias? Há outras salas como esta?

– Várias. – Ele baixou os olhos por alguns instantes, sem expressão. Então começou a falar com um leve toque de desafio na voz, quase imperceptível, mas Carys notou.

– Eu já quis ser um espião. Sair por aí, caçando foragidos, livre e solitário. Mas eles me mandaram para cá cuidar dos arquivos; ano após ano, sofri com o peso desses registros inúteis, dos relatórios intermináveis, fui sendo enterrado por eles até me ver totalmente soterrado. – Mantinha os olhos fixos no chão, apático. – Você não conseguiria nem imaginar. É nova demais. Ah, a princípio eu tinha esperanças, entreguei diversas requisições, subornei gente. Queria uma vida longe daqui, mas não adiantou. Eu era um sujeito comum demais. Apenas um número, um pequeno arquivista desesperado com quem ninguém se importava. Perdi as esperanças. Este lugar faz isso com a gente.

Ela concordou com a cabeça, balançando o pé.

– Já reparei.

– Bom, pense em como seria passar décadas aqui. A sua vida inteira.

Eles ficaram em silêncio. E, então, Harnor ergueu os olhos.

– No entanto, bem lá no fundo, não consegui desistir. Pensei: já que estou preso aqui, vou fazer deste lugar minha aventura. Vou aprender tudo sobre ele, como ninguém jamais conseguiu. Se houver algum segredo, vou descobrir. – Olhou de relance para ela, e Carys viu que seus olhos brilhavam. – Eu explorei, Carys. Descobri cada corredor, cada galeria. Passei anos usando todo o meu tempo livre para explorar, planejar, montar um mapa em minha cabeça, sem nunca anotar nada para que eles não descobrissem. Até que, um dia, entrei nesse corredor e dei de cara com a porta escondida.

Ele já não estava mais assustado. Tremia, mas de entusiasmo.

– Há uma série de aposentos aqui de cuja existência ninguém desconfia. As coisas que eles contêm, peças que pertenceram aos Imperadores, objetos dos Criadores, são todas minhas. Passei anos com essas estátuas. Veja... veja só isso, que lindo!

De repente, Harnor levantou-se num pulo, pegou um cubo e o entregou a Carys. Ela girou-o entre as mãos e quase engasgou. Preso dentro do objeto que parecia ser de vidro havia um continente inteiro, um lugar de campos verdes e árvores estranhas, com um céu de um azul profundo e perfeito. Não era uma simples representação. De alguma forma, aquilo era real.

– Esse é o lar dos Criadores, Carys, e há mais aqui, muito mais. Eu levaria anos para lhe mostrar tudo; livros lindos, estátuas que dão a impressão de estar observando você. Adoro essas coisas. Aprendi a amá-las. – Parou de supetão e fitou-a no fundo dos olhos. – Sei que é errado, mas é o que eu sinto.

Carys franziu o cenho, impressionada com a súbita explosão de vida no arquivista, mas então ele baixou os olhos e voltou a ser o mesmo Harnor de antes, pasmo em vê-la ali. Tentando ganhar tempo, ela se levantou.

– Me mostre – pediu.

Pela meia hora subsequente, os dois esqueceram todo e qualquer perigo. Carys ficou estupefata com os tesouros guardados nos aposentos. Harnor empilhara tudo ali, limpara os afrescos e as pinturas nas paredes, de modo que elas brilhavam: cenas coloridas e vibrantes da criação do mundo que teriam deixado até mesmo Galen sem palavras. Havia também maravilhosos fragmentos de esculturas, joias, cristais, artefatos estranhos, equipamentos bizarros, uma coleção inteira de tapeçarias brilhantes e intrincadas. Enquanto brincava com um pequeno objeto que acendia e apagava uma chama, ela ergueu os olhos e viu que Harnor a observava.

– Você falou sério? – perguntou ele num sussurro. – Sobre não contar nada a Braylwin?

– Falei.

– Por quê?

– Porque preciso da sua ajuda. – Meteu o objeto criador de chamas no bolso e se sentou numa cadeira enorme e alada, sentindo-se uma espécie de imperatriz. – Entenda, não sou muito diferente de você, Harnor. Não sou o que pareço. Você disse que conhece a Torre. Quero que me leve ao Palácio Superior. Até a Grande Biblioteca.

Ele a fitou, horrorizado.

– Mas...

– Esses caminhos que você conhece, eles chegam até lá?

Estarrecido, ele correu uma das mãos por uma belíssima estatueta de prata.

– Não... pelo menos... bem... sim, chegam. Existem meios, mas...

– Sem mas. É para lá que temos de ir.

– Mas por quê?

– Porque preciso descobrir algumas coisas – respondeu de forma breve. – Sobre quem eu sou.

Para sua surpresa, ele riu, uma risada amarga.

– Ah, precisa, é? Bem, você não vai descobrir nada. – Percebendo que ela o encarava, desviou os olhos. – Você não seria a primeira. Eu mesmo tentei isso. Muitos anos atrás. A biblioteca é um lugar perigoso, mas eu fui até lá. Uma vez foi o bastante. Não há nenhum registro, Carys. Eles só dão entrada no primeiro nome de cada criança, só isso. Ninguém quer saber de onde elas vêm. Não é importante.

Ela se levantou, furiosa. Andou até uma caixa e parou com os olhos fixos nela, olhando sem ver. De qualquer maneira, o que faria com a informação?, perguntou-se com frieza. Sairia à procura da vila? Dos pais verdadeiros? Eles nem sequer a reconheceriam.

– Ainda assim, quero ir até lá – rosnou.

Ele olhou em volta freneticamente.

– Você é louca!

– Escute, Harnor! – Virou-se para ele, fumegando de raiva. – Você não é o único que quebra as regras por aqui. Conheço um guardião, bem, dois deles...

Harnor a fitou, boquiaberto.

– Um guardião!

– Isso mesmo. E ele me fez pensar. Quem é que governa os Vigias? O que eles querem com as relíquias? Por que destruir a Ordem com tanta selvageria?

Ele deu de ombros.

– Todo mundo sabe que a Ordem é maligna!

– Mas as relíquias! Pense nisso! Elas costumavam ter muito poder, um poder sobre o qual não sabemos nada. Os guardiões sabem. Já vi com meus próprios olhos. O que eu quero saber é por que os Vigias nos ensinam que esse poder não existe!

Ele balançou a cabeça, amedrontado.

– Não quero pensar nessas coisas.

– Me leve até a biblioteca e não vai ser preciso. – Ela se aproximou num movimento rápido. – Depois disso, irei embora. Você jamais me verá de novo. E pode ficar com todos os seus tesouros.

Por um momento, vendo o desespero dele, ela se sentiu como Braylwin e se odiou por isso. Contudo, ao erguer os olhos, o rosto de Harnor demonstrava determinação.

– Certo. Mas só desta vez. – Olhou sem expressão para o peixe de prata em sua mão. – A gente se encontra aqui esta noite. Venha armada.

11

Eles me mantiveram nas profundezas
por um ano, atado a correntes.
Tentaram entrar em minha oficina,
porém o Poço estava selado.
Meus segredos encontravam-se ali.
E eram muito bem-guardados.

Lamentos de Kest

A FORTE CORTINA de chuva caía horizontalmente. Raios espocavam, brancos e silenciosos. Enquanto Carys esperava que o sonífero fizesse efeito, observava a chuva pela janela, escutando as calhas e bicas da torre entoarem sua música. Lá embaixo, a luz fraca de uma tocha cintilava no canto de um dos pátios.

Na terceira vez que verificou, descobriu o guarda dormindo, enroscado no banco do lado de fora do quarto de Braylwin. Passou por cima dele, mas então voltou e derrubou a xícara com a ponta do pé, derramando as gotas restantes. Só por segurança.

Foi extremamente cautelosa – refazendo seus passos, escolhendo as passagens mais estreitas, os becos quietos e escondidos. Não havia sinal de que alguém a estivesse seguindo. Assim que teve certeza, desceu em direção aos corredores de pedra.

Levou um tempo para encontrar o beco sem saída de antes, mas, ao entrar, viu que Harnor já estava esperando por ela. Parecia pálido e agitado.

– Onde você esteve?!

– Me certificando de que não estava sendo seguida. – Ajeitou a balestra no ombro. – Vamos lá. Preciso voltar antes do amanhecer.

Ele estava inquieto, ansioso.

– Escute. Há coisas lá em cima. Criaturas. Elas espreitam os túneis.

– Você disse que já esteve lá antes.

– Isso faz anos...

– Bom, então sabe chegar lá de novo – falou de modo brusco, irritada. – Vamos!

Ele lhe lançou um olhar desesperado e a conduziu por uma porta num dos cantos. Precisaria vigiá-lo, pensou Carys. Ele poderia levá-la para qualquer lugar. Tentar até despistá-la.

– Lembre-se, Harnor – disse. – É bom me levar até a biblioteca, ou me certificarei de que Braylwin descubra seu segredinho.

Por uma hora eles mal se falaram. Harnor a guiou por corredores imundos e salas vazias; em determinado momento, atravessaram um pátio coberto de ervas daninhas e cercado por muros altos e molhados. Erguendo os olhos, Carys viu as janelas escuras. Todos aqueles aposentos vazios. A imensidão do lugar a deixava apreensiva. Seria possível que ninguém mais conhecesse aquela área?

Eles subiram escadas de degraus largos e outras estreitas e espiraladas, iluminadas por tochas que Harnor mantinha em diversos lugares. A meio caminho, Carys parou, tão repentinamente que ele a fitou por cima do ombro, aterrorizado.

– Que foi? O que você viu?

Carys continuou imóvel, sem responder. Por um segundo, vira algo fantástico, como se um painel tivesse se aberto em sua mente. Era Raffi, com Galen e o Sekoi, sentados em volta de uma fogueira sob um grupo de árvores escuras. Uma visão vívida e próxima. Podia até sentir o cheiro da madeira queimando. Raffi se virou, viu-a e falou alguma coisa.

– Vocês encontraram o inter-rei? – perguntou ela num sussurro.

Mas ele não respondeu, e a visão se desfez.

– Que negócio de inter-rei é esse? Ele está aqui? – Harnor correu os olhos em volta, agoniado.

– Não. – Ela sacudiu a cabeça de forma distraída. – Esqueça. Concentre-se no seu trabalho.

Enquanto eles continuavam a subir, penetrando cada vez mais no labirinto de salas e galerias, atravessando corredores enormes e mal-iluminados, Carys pensou sobre o acontecido. Seria isso o terceiro olho de que Raffi tanto falava? Foi incrível. O que aquilo queria dizer? Será que eles haviam encontrado o inter-rei? Galen tinha dito que daria um jeito de avisá-la. Teria sido isso? Tão rápido?

De repente, percebeu que Harnor havia parado. Ele esperava ao lado de um enferrujado portão de barras de metal. Uma pequena entrada tinha sido aberta entre as barras retorcidas. Mais além, a escuridão era profunda.

– Passado esse portão – sussurrou ele –, estaremos no Palácio Superior. Ou melhor, debaixo dele. Cerca de três andares abaixo da área habitada. É melhor carregar sua balestra. – Pegou uma pequena adaga encurvada que guardava atrás de uma pedra. – Vou usar isto.

– O que há lá dentro? – Carys carregou a arma rapidamente.

Harnor estremeceu, infeliz.

– Quem vai saber? Escutei barulhos terríveis, encontrei excrementos, comida regurgitada e grandes buracos abertos nas portas. Por várias vezes achei que estava sendo espionado.

Ela anuiu.

– Mas você nunca viu nada?

– Uma vez achei que... – A mão que segurava a adaga tremeu. – Foi ficando cada vez mais difícil retornar. Na última vez que estive aqui, jurei que jamais voltaria.

– Depois desta vez, você nunca mais precisará voltar. – Podia parecer insensível, mas precisava dele. – Certo. Agora, me mostre o caminho.

Estava mais escuro ali. Uma grossa camada de poeira acumulava-se sobre o piso. Harnor deu a impressão de estar inseguro em relação ao caminho a tomar. Por duas vezes eles tiveram que dar meia-volta e retornar por longas galerias; noutra, ao chegarem num cruzamento, ele hesitou. Carys o observava, séria, vendo seus olhos brilharem no escuro.

Havia outras coisas ali também. Ela sabia, tanto o instinto quanto seu treinamento tinham lhe avisado. Um arrastar de passos no escuro, alguma coisa respirando atrás de uma esquina. Eles prosseguiam devagar, com extremo cuidado. Passaram tão perto da área habitada que, por uma vez, Carys escutou vozes e risadas abafadas através da parede.

Cerca de meia hora depois, escutou algo mais. O barulho vinha de algum lugar à frente, um batimento regular que ecoava de forma estranha pelos corredores.

– Que foi isso? – perguntou num sussurro.

Harnor esboçou um sorriso cansado.

– Isso não vai nos machucar.

O som ficou mais alto à medida que prosseguiam, uma cacofonia de batidas, cliques e repiques, até que Harnor abriu uma grande porta. Junto com a explosão de ruídos, Carys viu um enorme salão repleto de relógios. Havia milhares deles, relógios de vela, ampulhetas e relógios mecânicos de tudo quanto era tipo, todos tiquetaqueando em ritmos e velocidades diferentes; uma confusão barulhenta.

Carys observou fixamente.

– Você trouxe todos esses relógios para cá?

Ele fez que não, nervoso.

– Já encontrei assim. Não venho aqui há mais de ano. Como eu disse...

Ela olhou de relance para ele, subitamente alarmada.

– Quem dá corda neles?

Harnor se virou para ela, em choque. Ficou tão pálido que Carys achou que ele ia desmaiar bem ali.

– Não tinha pensado nisso – falou, ofegante.

– Idiota! – rebateu ela. Não conseguiu evitar. Estava furiosa. – Grande segredo esse seu! A que distância fica a biblioteca?

– Uns dez minutos. – Harnor tremia. Esfregou o rosto com uma das mãos suadas. – Não seria melhor voltar? – sussurrou. – Por favor, Carys.

– Não.

Eles atravessaram rapidamente o Salão dos Relógios. Formas se moviam na escuridão às suas costas. O pavor do arquivista o tornava imprudente; Carys manteve os olhos bem abertos.

Ele parou no meio de uma galeria.

– Aqui? – sussurrou ela, surpresa.

Harnor ergueu a tocha e ela viu uma escada: barras de metal presas à parede que desapareciam em meio à escuridão.

– Lá em cima.

Carys apagou a tocha com o pé. Passado um segundo, ele a imitou. O túnel estava escuro e envolto por uma fumaça acre.

– Você primeiro – disse ela.

Ele pareceu tomar coragem; em seguida, começou a subir, uma figura magra desaparecendo nas trevas. Carys colocou o pé no primeiro degrau e agarrou-se à escada. Correu os olhos ao redor por um segundo e viu apenas a escuridão.

Alguma coisa escorregou. Carys escutou o barulho por um breve instante, um som suave e escamoso. Em seguida, o silêncio.

Subiu apressada atrás de Harnor.

A escada era comprida: uns vinte, vinte e um degraus. Ofegante, agarrou-se com força e ergueu os olhos.

– Falta muito?

Seu sibilo ecoou como se eles estivessem num grande túnel ou duto de ventilação.

– Estamos quase lá. – Ele soava como se estivesse lutando contra algo pesado; uma pequena fenda menos escura se abriu acima dele. Harnor calçou a abertura e empurrou com força a porta do alçapão. Em seguida, passou pelo buraco e desapareceu.

Atrás dele, Carys içou o corpo rapidamente, levantou-se e limpou a poeira das mãos.

Eles estavam na biblioteca.

Ela era enorme; uma série de gigantescos salões abobadados, um atrás do outro, e, no meio de cada um deles, estantes que se elevavam até o teto, repletas de livros. Após alguns instantes, Carys começou a perambular entre elas, observando os milhares de volumes, cada qual preso por uma fina correntinha, alguns abertos sobre as mesas abaixo. Que segredos haveria ali?, pensou com amargura. E como conseguiria verificar todos aqueles livros? Por onde começar?

Virou-se para Harnor, uma figura indistinta e nervosa destacada contra as janelas molhadas pela chuva.

– Onde eles guardam os livros mais importantes? – Aproximou-se dele. – Pense! Eles provavelmente estão trancados.

Ele correu uma das mãos pelos cabelos grisalhos e se virou com relutância.

– Ali.

Eles se sentiam pequenos e apreensivos sob as intermináveis fileiras de livros. Caminharam rapidamente, conscientes do eco de seus passos sobre o piso, do tamborilar constante da chuva. Ratos corriam diante deles, dispersando-se com passinhos arrastados. Harnor atravessou três salões até alcançar uma plataforma de três degraus. Parou ao pé dela.

– Ali em cima – arquejou. – Seja rápida, Carys. Depressa!

Ela viu as sete representações das luas na parede, formas gigantescas em cobre batido, ouro e bronze. Abaixo delas, organizados em fila, estavam os Criadores. Ao passar debaixo deles, teve a sensação de que a observavam com seus enormes rostos distintos; Flain estava no meio, os cabelos escuros presos com uma fita de prata, o casaco decorado com brilhantes estrelas. Segurava uma caixa nas mãos e, ao se aproximar, Carys viu que havia uma porta de verdade em meio à pintura, uma diminuta porta com uma fechadura brilhante.

Deu uma risadinha, pescou um pedaço comprido e fino de arame no bolso e o inseriu no buraco da fechadura.

– O que você está fazendo?!

– Abrindo a porta. Sempre adorei essas aulas.

Harnor sentou-se encolhido nos degraus; parecia assustado demais para falar.

A fechadura não foi fácil, mas, de repente, o trinco se abriu com um estalo e Carys soltou uma risada. Escancarou a porta e meteu as mãos lá dentro.

Harnor se virou, fascinado. Havia pilhas e mais pilhas de livros no cofre, a maioria incrustada de joias e pedras preciosas, pesados demais para serem erguidos. Carys perambulou rapidamente pelos livros, seguindo direto até o fundo. Parou por um momento e, então, disse:

– Veja isso.

Ela falou com uma voz tão estranha que Harnor desvencilhou-se do medo e subiu os degraus. Carys segurava uma relíquia bem pequena, uma espécie de controle com uma tela apagada. Carregou-o para fora do aposento com cuidado, sabendo que era uma preciosidade, um segredo, algo que ninguém deveria ver. Tinha queimado, as pontas estavam negras e carbonizadas. Pasma, virou o objeto de cabeça para baixo.

– Que negócio é esse? – Harnor perguntou num sussurro.

– Não sei. Mas Galen deve saber.

– Quem é Galen? – começou ele, mas parou e olhou por cima do ombro, o rosto subitamente contorcido de pavor.

Ela se virou.

Num dos salões ao longe, algo escuro e comprido, muito comprido, passou serpenteando pelo alçapão.

12

As criaturas das profundezas,
como podemos listá-las?
Bestas apavorantes,
saídas de uma mente sombria.
Seres raivosos e venenosos, cobertos de espinhos.
Infestam nossa vida e procriam entre si.
Quem irá nos livrar deles
agora que os Criadores se foram?

Poemas de Anjar Kar

A CRIATURA ONDULOU como uma enorme minhoca, o corpo fluido, largo e apavorante. Enquanto observavam, o rabo deslizou para fora do buraco e desapareceu rapidamente atrás das estantes escuras.

Harnor estava pálido.

– Meu Deus – murmurava sem parar. – Meu Deus.

Carys guardou a relíquia dentro do casaco e o agarrou.

– Quieto. Silêncio! Não se afaste.

Ele estremeceu; Carys viu a lâmina da adaga tremer em suas mãos. Eles saltaram rapidamente da plataforma, os nervos em alerta. Ela empunhava a balestra, pronta para usá-la.

Nenhum dos dois falou nada.

As estantes escuras agigantavam-se em ambos os lados, enquanto a criatura serpenteava, imperceptível, entre elas. Mas era possível escutá-la; ela deslizava por algum lugar, as escamas produzindo um sibilo leve e sombrio ao arrastar-se pelo piso de pedra. O som parecia vir de todos os lados; Carys, com o dedo no gatilho, lançou um olhar nervoso por cima do ombro.

Harnor deu-lhe um puxão no braço, apavorado.

– Ali!

Ela se virou a tempo de ver algo desaparecer nas sombras. Seus dedos estavam úmidos de suor; sabia que, se atirasse e errasse, a criatura estaria sobre eles antes que tivesse a chance de recarregar a arma. Fosse qual fosse a besta horrenda criada por Kest, ela os estava caçando, deslizando em volta deles com suas ondulações intermináveis. Seus olhos estreitos os observavam de algum lugar daqueles salões, por trás de alguma das pilhas de livros ou através de uma fenda.

E ela cheirava mal: um fedor pútrido e enjoativo.

Os salões escuros pareciam enormes; em meio à escuridão ao longe, a porta do alçapão esperava, um quadrado despontando no chão. Essa era a isca.

– A gente não vai conseguir – gemeu ele.

– A criatura não espera que a gente consiga. – Carys recuava, perscrutando as sombras com a balestra.

Eles terminaram de atravessar o primeiro salão e entraram no segundo. Pequenas contrações e ondulações de movimento deslizavam no escuro, fora de vista. Os braços de Carys doíam devido à tensão.

A porta do terceiro salão surgiu à frente. Estavam quase sob o umbral quando o grito engasgado de Harnor fez com que ela girasse rapidamente e visse a criatura elevando-se acima deles: uma serpente gigantesca armando o bote, com barbatanas grotescas feitas de pequenos ossos despontando do pescoço, a cabeça grande e chata semelhante à de uma cobra, porém coroada por espinhos de onde pingavam veneno e ácido, que formavam poças borbulhantes e sibilantes sobre o piso de pedra. Um par de olhos verdes enormes cintilou na direção de Carys. Ela deu um pulo para trás ao sentir a saliva causticante queimar-lhe o rosto; em seguida, apontou e disparou a flecha direto no pescoço da besta.

Quase como se zombasse dela, o animal desviou a cabeça para o lado; a flecha cravou-se em algo no escuro. Esbravejando, Carys tateou em busca de outra, mas a serpente se lançou sobre ela. Soltando um arquejo aterrorizado, a jovem espiã pulou para o lado, caiu entre duas estantes, levantou-se e saiu em disparada.

Harnor corria como um louco à sua frente. Eles atravessaram um salão e entraram em outro antes que ela o agarrasse e o puxasse para baixo. Agacharam-se, ofegantes, escutando a escuridão cuspir e ondular em torno deles.

– Não se desespere! – Carregou a flecha de forma frenética. – Precisamos passar por aquele buraco!

– Não dá.

– Dá, sim! Não entre em pânico. É uma fera, não é um animal racional.

Ele estava branco como papel; a adaga tremia em sua mão. Carys precisou erguê-lo, mas Harnor agachou-se novamente e encolheu-se com as mãos sobre o rosto.

– Não dá. Não consigo. Me deixe aqui. Vou ficar bem.

– Ela pode sentir seu cheiro! – Carys o ergueu de novo, furiosa. – Pelo amor de Flain, escute! Escute! Vamos prosseguir entre as estantes até chegarmos perto do alçapão. Entendeu? Não se afaste, Harnor, porque não vou voltar para procurar você.

Ele a encarou, apavorado. Em seguida, esfregou o rosto de novo.

– Certo.

Eles seguiram entre as fileiras de livros. Quando estavam no meio de uma delas, Carys parou. A biblioteca recaíra num profundo silêncio, quebrado apenas pelo tamborilar da chuva ao longe. Nada se mexia. A ausência de som chegava a doer. Ela agora podia sentir o cheiro da criatura, o forte fedor de plantas apodrecidas e água estagnada. Inclinando-se, encostou a mão no chão de pedra. Seus dedos tocaram alguma coisa grossa e escorregadia, uma gosma acre que cruzava a sua frente e seguia por baixo das prateleiras escuras.

Empertigou-se rapidamente e pulou por cima daquilo. Mas o salão estava todo sujo pelo rastro da serpente; em pouco tempo, o fedor impregnara-se em suas mãos e botas, uma gosma fria da qual eles não conseguiam se livrar. Quando por fim alcançaram o vão entre as prateleiras, estavam enjoados com o cheiro. Harnor cobria a boca com as costas da mão para tentar controlar uma ânsia de vômito. Suando, Carys esticou a cabeça para dar uma espiada.

Nenhum sinal de movimento.

– Agora – sussurrou. – Mantenha-se perto de mim. Precisamos nos juntar para encarar essa coisa. Enfie a adaga com força, mas lembre-se das voltas do rabo, portanto não pare. Vá direto para a escada.

Harnor concordou, mas Carys viu que ele estava imbecilizado pelo medo. Com a balestra firmemente empunhada, disse:

– Agora. Corra.

Ele não se moveu.

– Corra!

– Ela está aí. Está nos esperando. – A voz dele era um mero ofego; ele fitava a porta do alçapão como um homem mergulhado num pesadelo, petrificado pelo pânico. Carys virou-se de súbito e o empurrou com força. Harnor soltou um guincho horrorizado, rolou e se debateu pelo chão escuro em direção ao quadrado de trevas.

No mesmo instante, a criatura pulou sobre ele.

O bote veio do alto. Carys ficou embasbacada com a velocidade ondulante da criatura, suas brilhantes espirais. Harnor soltou um grito esganiçado e ela atirou. A flecha cravou-se na carne da besta, mas não a deteve. Ela continuou se aproximando. A jovem espiã sacou sua comprida faca, correu e investiu contra a serpente, que sibilou e cuspiu. Enlouquecido, o animal a cercou num movimento rápido e, de repente, ela se viu enrolada por ele, os músculos firmes deslizando por baixo de seus braços, em volta de seus joelhos. À medida que continuava investindo, parte das voltas se afrouxavam, porém outras surgiam, apertando-a com mais força ainda, escorregadias devido à gosma e ao sangue frio e aguado.

– Harnor! – gritou.

E, então, Carys o viu. Ele já estava no meio da escada; por um segundo, ergueu os olhos e a fitou. Ela gritou novamente, captando o brilho furtivo em seu rosto, branco feito papel. Em seguida, Harnor desapareceu, e ela se viu sendo arrastada, um dos braços firmemente preso, enquanto lutava e chutava. Já não conseguia mais respirar; contorcia-se e esperneava, mas então, de repente, amoleceu o corpo.

A serpente afrouxou seu terrível abraço. Em meio à escuridão, Carys percebeu, pelo longo sibilo, que a cabeça aproximava-se em zigue-zague.

Com cuidado, usando apenas uma das mãos, tateou o bolso e pegou o pequenino acendedor de chamas que roubara mais cedo. Estava engasgada; o aperto gelado da serpente constritora sufocava toda a sua raiva, mas esperou até a cabeça estar perto o bastante, seus olhos verdes destacados contra a escuridão.

Nesse instante, acendeu o objeto.

A cabeça recuou como um chicote.

Carys segurou a chama o mais longe que seu braço permitia; de repente, teve uma ideia melhor: encostou-a na pele da criatura. A serpente foi acometida por espasmos convulsivos e a apertou com mais força ainda, mas Carys manteve a chama ali, sem soltar, tossindo por causa do cheiro das escamas chamuscadas e da fumaça acre, a pequena luz dos Criadores cintilando em tons de azul e verde. Em seguida, com uma contração que quase quebrou suas costelas, a criatura afrouxou o abraço e a soltou, retraindo-se e contorcendo-se, irritada. Carys mergulhou debaixo dela em direção à porta do alçapão. Escorregou, soltando um grito e batendo contra a escada. Agarrou-se no último instante, e a faca e a balestra despencaram, tilintando na escuridão abaixo.

No andar de cima, a criatura procurava por ela freneticamente; enquanto seu corpo contorcia-se em espirais, Carys ergueu o braço, agarrou a porta do alçapão e a fechou com um puxão determinado. A escuridão a envolveu, juntamente com uma chuva de poeira.

Manteve-se agarrada à escada por um longo tempo, tremendo e respirando com dificuldade. Acima de sua cabeça, o arrastar das escamas era um som distante; Carys estava dolorida e machucada, as pernas fracas em virtude da náusea e do alívio.

Passado um tempo, sentiu-se mais calma. Pensou em Harnor. Onde estaria ele? Amaldiçoou-o em silêncio, aquele covarde, rato medroso, e a raiva renovou-lhe as forças; pegou-se descendo a escada escorregadia, percorrendo o longo e escuro declive até seus pés encontrarem subitamente o chão de pedra.

Parou, imóvel.

– Harnor?

Seu sussurro ecoou; não esperava resposta mesmo. Movendo-se com cuidado, sentiu o pé bater em algo. Agachou-se para ver o que era, tateando com as mãos. Sua balestra. Estava dentada. Pegou o pequenino criador de fogo e o acendeu; a chama azul emitiu um brilho pálido. Após uma longa busca, encontrou a faca e a meteu no cinto, irritada. Pelo visto, ele havia se mandado. Que bela demonstração de pânico, correndo de volta pelos salões silenciosos, soluçando de medo, desviando-se das sombras e de movimentos imaginários pelas paredes.

Esboçou um leve sorriso. Pobre Harnor. Teria essa covardia sido provocada pelos Vigias ou será que ele sempre fora assim? Seria essa a razão de ele nunca ter sido treinado para ser um espião? Como ela própria seria sem o treinamento? Franziu o cenho. De qualquer forma, ele devia achar que ela estava morta ou, no mínimo, perdida, totalmente perdida no labirinto de salas, túneis e corredores.

Deu uma risadinha e afastou os cabelos ensebados dos olhos. Em seguida, acendeu uma das tochas presas à parede e começou a caminhar, a balestra pronta para o uso.

Encontrou a primeira marca numa interseção entre três passagens; usando a luz da tocha, esticou o braço e a apagou com o polegar, que ficou branco de giz. Harnor não as descobrira. Ela as tinha feito bem baixo, aproveitando os momentos em que ele não estava olhando e usando o pequeno pedaço de giz que levara consigo. Se ele houvesse passado pelo treinamento, saberia.

"Tenha sempre uma rota de fuga", costumava dizer o velho Jellie, andando de um lado para o outro da sala com seu cajado e batendo com força nas costas dos sonhadores. "Nunca confie em ninguém para ajudá-lo a escapar."

Carys andava rápido, mas o caminho parecia interminável e ela não fazia ideia de quanto tempo havia se passado. Os corredores e salas estavam escuros; por uma ou duas vezes precisou procurar com afinco pelas marcas de giz. Os túneis mais úmidos encontravam-se agora repletos de lesmas enormes; a tocha incidia sobre elas, monstros brancos e molengas. Ignorou-os, eles não representavam perigo. Diversas vezes, porém, escutou outros sons: um farfalhar de asas num salão de teto alto, vozes abafadas, um suave arrastar de patas, como se algum inseto gigantesco estivesse subindo uma parede invisível.

Escutar o tiquetaquear do Salão dos Relógios foi um alívio; Carys praticamente disparou pelo corredor em direção a ele, mas, assim que se espremeu para passar pelas barras do portão que ligavam ao pátio, ficou espantada ao ver como já estava claro. Uma leve garoa continuava a cair, mas havia amanhecido já fazia um tempo. Xingando, desvencilhou-se das ervas daninhas e correu em direção à porta do outro lado, rezando para que Braylwin ainda estivesse dormindo. Em sua pressa, errou o caminho duas vezes; levou mais de uma hora para alcançar as salas secretas de Harnor. Ao chegar lá, deixou a tocha usada num dos cantos e passou correndo pelas pilhas de relíquias e belas estátuas em direção ao painel escondido.

Por um segundo, achou que ele o tinha trancado, mas então se lembrou que nunca o abrira por dentro. Levou alguns irritantes minutos para descobrir a alavanca.

Uma vez do lado de fora, disparou pelos corredores e pátios. A torre estava movimentada; um relógio indicava dez horas. Carys abriu caminho pela multidão de escreventes com seus carrinhos lotados de arquivos, num desespero cada vez maior.

Enquanto subia a escada e atravessava o corredor, ajeitou os cabelos e esfregou o rosto para limpar a sujeira. Então, ao virar a última curva, viu que a porta do aposento de Braylwin estava aberta e escutou sua voz queixosa e esganiçada ressoar lá dentro.

– Então, onde ela está? Ela saiu há quanto tempo?

Carys aproximou-se da porta e deu uma espiada.

Braylwin parecia prestes a explodir de raiva, o peito inchado a ponto de quase arrebentar os botões do pijama vermelho de seda. O vigia da noite ostentava uma expressão azeda. Harnor trabalhava num dos cantos, debruçado sobre sua mesa como se desejasse ser engolido por ela. Parecia cansado e aterrorizado; usava as mesmas roupas, e ela percebeu a lama seca em suas botas.

Braylwin respirou fundo, preparando-se para a próxima explosão. Mas, então, ele a viu.

– Aí está você! Onde diabos se meteu?

Todas as cabeças se viraram.

Carys entrou e olhou para Harnor. Nunca vira ninguém se encolher daquele jeito. Por um momento, seus olhos se cruzaram e ela o encarou fixamente, desejando que ele sentisse medo pelo suspense. Essa era a única punição que poderia dar a ele, pois agora precisava se salvar, escapar daquela torre sufocante antes que percebessem o sumiço da relíquia.

– Então?

Ela se empoleirou na beirada da mesa e começou a pescar o resto do suntuoso café da manhã de Braylwin.

– Dei uma saída. Queria caminhar um pouco.

Harnor quase despencou da cadeira, aliviado. Braylwin se virou para ele.

– Você. Continue o que está fazendo. – Voltando-se novamente para Carys, disse: – Tão cedo?

– Sim. Precisava pensar.

– Sobre o quê?

– Se devia lhe contar ou não. – Ergueu os olhos e ofereceu a ele a melhor mentira que conseguiu arquitetar. – Recebi uma mensagem de Galen.

Braylwin esfregou as mãos gorduchas.

– Recebeu, é?

– Recebi. Precisamos partir imediatamente. Ele encontrou o inter-rei.

O POÇO DE ARTELAN

13

De agora em diante, seremos sempre caçados.

Terceira carta do Arquiguardião Mardoc

RAFFI ESPEROU ANSIOSAMENTE ao lado da porta. A cabana era pequena; podia ver o fogo crepitando lá dentro, os pratos de estanho sobre a cômoda, uma cesta repleta de lenha para o fogo. Parecia aconchegante. Por um momento, lembrou-se de sua própria casa.

A mulher voltou com uma criança agarrada à saia.

– Aqui. Pegue isso. – Soltou apressadamente um saco feito de tecido grosso em seus braços. – Queijo. Um pouco de peixe defumado. Legumes. Isso é tudo que posso oferecer.

– É muito generoso de sua parte – murmurou ele.

Ela o fitou de cima a baixo e ele se sentiu enrubescer.

– Espere – disse a mulher.

Momentos depois, depositou um casaco azul sobre o saco.

– Era do meu filho mais velho. Mas já não cabe mais nele. Pode ficar.

Raffi agora estava vermelho como um pimentão.

– Obrigado – balbuciou.

– É melhor correr. Meu marido já deve estar chegando e ele não suporta mendigos. Para onde você está indo?

Pego de surpresa, ele deu de ombros.

– Oeste...

A mulher se virou e pegou a criança no colo.

– Tome cuidado. Os Vigias costumam patrulhar essa região.

Ele assentiu, seguiu para o portão e se virou para agradecê-la novamente. Ela o observava, a criança brincando com seus cabelos. De repente, deu-se conta de como ela era jovem.

– Dê-nos sua bênção, guardião – murmurou a mulher.

Raffi ficou imóvel por um instante. Em seguida, ergueu uma das mãos, como vira Galen fazer, e recitou as palavras dos Criadores lentamente, de forma cautelosa. Isso o fazia se sentir estranho. Mais velho. Ela curvou a cabeça e, sem erguer os olhos, voltou para dentro de casa.

Três campos adiante, sentado sob uma cerca de abrunheiro, Galen olhou com desgosto para o casaco.

– Antigamente os guardiões não precisavam mendigar cacarecos – comentou com amargura.

Raffi não se importava. Experimentou o casaco. Ele era azul-escuro e quentinho e, mesmo remendado, estava em melhor estado do que seu velho e gasto agasalho, todo puído.

– Ela sabia o que você é? – perguntou o Sekoi baixinho, fuçando o saco.

– Adivinhou. Disse que os Vigias patrulham essa área.

Galen bufou. A febre cedera, mas seu humor não havia melhorado nem um pouco. Deu uma mordida numa cenoura.

– Você não disse nada?

– Não. – Contudo, a lembrança daquela palavra, oeste, veio-lhe à mente. Galen parou de comer e o encarou. De repente, inclinou-se e pegou Raffi pelo braço.

– O que mais? O que você contou a ela?

– Nada... – Mas era inútil. Franziu o cenho e inspirou fundo. – Que estamos indo para oeste.

Por um momento, achou que Galen fosse bater nele. Mas o guardião o soltou, os olhos negros de fúria.

– Não foi de propósito! Ela me pegou desprevenido!

O guardião soltou uma risada dura.

– Não tem importância. Já é tarde para começarmos a ser cautelosos agora.

– Ela não vai contar para ninguém.

– Vamos rezar para que não – observou o Sekoi, incomodado. Cuspiu o caroço de uma ameixa e se levantou. – Ainda assim, é melhor partirmos logo. A que distância fica esse poço mágico?

Galen lançou-lhe um olhar enfurecido.

– Não sei.

– Você nunca esteve lá?

– Ninguém vai lá há anos. Ele se perdeu.

– Se perdeu?

– Em meio aos pântanos.

Os dois o olharam fixamente, mas ele jogou a mochila para Raffi e saiu andando, apoiando o cajado comprido na lama.

O Sekoi soltou um pequeno miado de horror.

– Eu devia ter me arriscado com Godric.

Por dois dias eles caminharam através de campos e pastos ressequidos, sempre subindo. O tempo estava quente, de modo que Raffi amarrou seu casaco novo na mochila, observando os bandos de pássaros migratórios sobrevoando acima, sempre em direção ao oeste, seus grasnados altos quebrando o silêncio do fim de tarde. As noites, porém, eram frias; numa delas, eles acenderam uma fogueira sob um grupo de carvalhos que, segundo Galen, ainda continham muito da vida dos Criadores e estavam preparados para permitir o fogo.

Eles já haviam subido bastante, e os pastos por ali eram pobres, cheios de depressões e saliências, pontilhados por grandes pedregulhos e desbastados por ovelhas famintas. Quatro luas iluminavam o céu, bem distantes umas das outras.

Para variar, o humor de Galen estava um pouco melhor. Encontrava-se enrolado em seu casaco escuro, a luz do fogo produzindo sombras ondulantes sobre seu rosto aquilino, sagaz. O Sekoi formulou a pergunta com cuidado, virando uma moeda de ouro entre os dedos.

– O que é esse poço perdido?

O Mestre das Relíquias sorriu.

– É uma longa história. Era uma vez um guardião; seu nome era Artelan. Ele teve uma visão de Flain, que lhe disse para viajar em direção ao oeste, até os limites das Terras Acabadas, onde encontraria uma ilha chamada Sarres. Nessa ilha, as frutas cresciam o ano todo, não havia neve nem ventos fortes, um lugar fora deste mundo. Nela, havia também um poço, e quem quer que bebesse desse poço teria suas perguntas respondidas.

– E ele foi?

– Foi. A história de suas aventuras é longa, mas, por fim, ele escalou essas montanhas e, do outro lado, viu os Pântanos de Kadar, verdes e férteis. E, despontando em meio a eles, havia uma estranha colina, isolada e misteriosa, parecendo uma ilha em meio à neblina. Artelan seguiu até lá, e dizem que ele encontrou a nascente e as árvores frutíferas, tal como Flain lhe dissera. De minha parte, sempre achei um pouco estranho que Flain tivesse se referido a esse lugar como uma ilha.

O Sekoi sorriu, coçando a marca em zigue-zague com a ponta do dedo.

– Seu povo desperdiça as histórias. Eu contaria de tal modo que todos sentiríamos como se estivéssemos lá agora.

Galen concordou.

– Nossos dons são diferentes. Contudo, todos eles foram dados pelos Criadores.

– Não mesmo! – O Sekoi se empertigou com violência. – Os nossos, não!

Galen franziu o cenho, mas Raffi disse:

– Deixe pra lá. Conte-nos mais sobre o poço.

Dessa vez, os dois o fitaram de cara feia, mas ele não se importou. Estava aquecido em seu novo casaco, debaixo de um cobertor, e o suave crepitar do fogo o acalmava. Galen puxou os cabelos para trás, irritado.

– O poço se tornou um local de peregrinação, um lugar sagrado. A Ordem construiu uma grande casa lá e encarregou um dos nossos de tomar conta do lugar. As pessoas começaram a visitá-lo, algumas em busca de paz, outras de cura. Quando voltavam, estavam diferentes. O poço lhes dera sabedoria.

– E você acha que ele vai nos dizer onde está o inter-rei? – O Sekoi aparentava uma educada incerteza.

– A mim. Ele vai dizer a mim. – Galen ficou em silêncio por um momento. Então, mudou de posição, fazendo as contas verdes e pretas cintilarem. – Isso se o poço ainda existir. Os Vigias nos destruíram, então quem sabe o que aconteceu lá? Uma vez, Artelan escreveu que a nascente jamais falharia, e tampouco secaria. Só podemos esperar que os Vigias não a tenham encontrado.

– O que poderia tê-los impedido? – perguntou Raffi, sonolento.

O guardião lançou-lhe um olhar estranho. Mas não respondeu.

O aprendiz calou-se também. Acabara de ter um súbito insight; viu água, um suave reflexo sob as folhas. Apenas um vislumbre, que logo desapareceu. Virou-se e verificou suas linhas de proteção, mas não havia nada nos arredores, exceto as mentes embotadas das ovelhas e a suave consciência dos carvalhos que os escutavam, porém profunda e antiga demais para que ele conseguisse alcançar.

No dia seguinte, eles escalaram por horas a interminável cordilheira. Sempre que Raffi achava que tinham finalmente alcançado o topo, outra colina surgia adiante, açoitada pelos ventos fortes que levantavam seus casacos e faziam o capim alto e molhado ondular. As montanhas eram inóspitas; poucos animais viviam ali, e havia um número ainda menor de árvores, apenas os restos minguados de antigas cercas vivas, mastigadas pelas ovelhas e praticamente desnudas, e as imensas tocas dos ratos da cordilheira, as fêmeas gordas fugindo apressadas de baixo de seus pés.

Nuvens cruzavam o céu, algumas trazendo fortes pancadas de chuva. Em pouco tempo, os três estavam encharcados; Raffi sentia-se feliz pelo casaco. Ao levantar a gola, sentiu um súbito cheiro, como se fosse real, de sabão e fumaça de madeira. Galen seguia mancando à frente, emburrado, procurando por sulcos e rastros em meio à relva escorregadia; o Sekoi acompanhava-os de certa distância, o pelo encharcado, miseravelmente silencioso.

Logo abaixo do cume, Galen parou. Virou-se rapidamente e olhou para a imensidão cinzenta lá embaixo, ofuscada pela chuva.

O Sekoi passou por ele.

– Vamos, guardião.

– Espere. – Galen estava alerta, os olhos sombrios. – Sentiu isso, Raffi?

O aprendiz abriu seu terceiro olho, tentando enxergar ao longe. Na extremidade de seu alcance mental, algo se moveu.

– Homens? – falou, sem muita certeza.

– Sim, homens. Estão nos seguindo.

O Sekoi havia parado um pouco acima; deslizou de volta, alarmado.

– Tem certeza?

– Absoluta. – O guardião correu os olhos ao redor. – Ali. Estamos expostos demais.

Eles correram em direção a uma depressão e deslizaram para dentro dela; o fundo era coberto de lama e excrementos de ovelha. Enquanto Galen procurava alguma coisa na mochila, Raffi colocou-se de joelhos e olhou para fora; não viu ninguém, mas sabia que as linhas de proteção do guardião eram mais fortes que as dele, aprofundando-se muito mais nas pedras e no solo. Galen pegou o tubo de visão, uma de suas mais preciosas relíquias; enquanto murmurava a prece da humildade e olhava através dele, o Sekoi o observava com interesse. Seus olhos amarelos se voltaram para Raffi.

– Uma relíquia?

– Ela faz com que as coisas distantes pareçam mais próximas.

– Achei – murmurou o guardião. Ficou rígido por um momento, apontando o tubo para o nordeste, em direção a um tremeluzente facho de sol sobre uma encosta distante. – Dez, onze homens. Todos a cavalo.

– Vigias – constatou Raffi.

– Acho que não. – A voz de Galen soou ácida; baixou o tubo. – Dê uma olhada.

Com avidez, Raffi pegou a relíquia e a segurou diante do olho, apertando o pequeno botão vermelho para ajustar o foco. Viu um grupo de árvores, pequenas a distância, e, entre elas, cavalos correndo, todos pintados de vermelho.

– Alberic? – perguntou o Sekoi a Galen.

– Sem dúvida.

– Mas como ele pode estar tão perto?

– Godric e Alberic devem ter combinado um ponto de encontro. Ele não parecia preocupado em ter que arrastar você por uma longa distância, parecia?

Uma figura destacou-se em meio ao círculo. Raffi segurou o tubo com firmeza, acompanhando a figura com cuidado. O cavaleiro era pequeno, envolto em casacos; ele se virou e gritou alguma coisa.

– É ele – murmurou o aprendiz.

– Além disso – acrescentou o guardião, num tom cortante –, eles provavelmente andaram perguntando nas cabanas.

Raffi fechou a cara, observando o diminuto cavaleiro desaparecer atrás das árvores. Devolveu a relíquia num gesto brusco e, após um segundo de hesitação, Galen a ofereceu ao Sekoi.

Os olhos da criatura cintilaram; ela segurou o tubo cuidadosamente com seus catorze dedos longos. Em seguida, levantou-o diante do olho e seu corpo inteiro estremeceu de surpresa.

– Posso vê-los – falou após um momento. – Eles viajam rápido. Estarão aqui em menos de uma hora. – Olhou ansiosamente ao redor. – Vão nos alcançar.

– Talvez. – Galen pegou a relíquia e a guardou. – Vamos.

Eles correram rumo ao topo da cordilheira. A intensidade do vento aumentou, empurrando-os para trás. Raffi sentia como se estivesse lutando contra uma enorme força invisível que vinha da região à frente, uma força hostil, algo que nunca sentira antes.

– O que é isso? – ofegou.

Galen lançou-lhe um olhar de esguelha.

– Estamos chegando ao fim, rapaz.

– Fim? – Por um momento, achou que a cordilheira fosse a extremidade do mundo, que do outro lado houvesse apenas um vazio abissal, mas, tão logo conseguiu terminar de escalar as rochas com a ajuda de Galen e sentiu a fúria do vento a açoitá-los, fazendo-o oscilar contra a linha do horizonte, viu o que o guardião queria dizer.

Eles realmente tinham chegado ao fim.

Pois diante deles estendiam-se as Terras Inacabadas.

14

Do Poço veio a doença. Por léguas e mais léguas,
as árvores morreram; a relva ressecou.
Geadas fora de época partiram as rochas.
Os Criadores abandonaram suas obras.
Recolheram-se em Tasceron, matutando
sobre a traição de Kest.

Livro das Sete Luas

ELES ESTAVAM DIANTE dos destroços de um mundo.

Ao pé da colina onde Raffi se encontrava, estendia-se um pântano, um brejo verde e decadente que se prolongava a perder de vista, um apanhado de protuberâncias e valas dissolvendo-se em meio a uma névoa amarelada e venenosa. Trovões espocavam e ribombavam; o horizonte era cortado por enormes cordilheiras escarpadas, como se as montanhas tivessem se elevado e se partido em encostas pontiagudas. Até mesmo o tempo era funesto, marcado por uma chuva constante e gelada.

O Sekoi estremeceu.

– O caos parece estar à nossa espreita.

– E está. – Galen continuava parado no vento cortante, observando o lugar. – As Terras Inacabadas ampliam-se a cada ano, desfazendo o trabalho dos Criadores. Espalhando-se como uma doença.

– Não estou vendo nenhuma ilha, guardião.

Galen correu os olhos em torno.

– Nem eu.

– Será que ela foi destruída, como o resto?

– Talvez. – Olhou novamente para a névoa. – Mas acredito que ela esteja lá, em algum lugar. Vai ser difícil encontrá-la. E perigoso. Se você não acredita, não poderei culpá-lo se não quiser nos acompanhar.

Raffi os observou. O Sekoi limpou o gelo que grudara no rosto peludo. Olhou por cima do ombro para a encosta da colina. Em seguida, deu de ombros, infeliz.

– Vou com vocês. Por enquanto.

– Nós a encontraremos. – Sem esperar mais, Galen começou a descer a colina.

Com os olhos fixos nas costas do guardião, o Sekoi disse:

– Fico feliz que você tenha tanta certeza.

Meia hora depois, sufocado pelo fedor do pântano, Raffi recostou-se contra uma pedra para recuperar o fôlego. Eles estavam no pé da colina. O solo sob seus pés era macio, coberto por uma fina camada de água.

– Isso é um verdadeiro charco! – disse ofegante.

– A terra foi engolida. – Galen testou o atoleiro com a ponta do cajado. – Isso tudo é obra de Kest. Ninguém conseguiu impedi-lo depois que ele começou a brincar com o mundo, mudando as coisas. Apenas a Ordem lutou para manter o equilíbrio, e conseguiu fazer isso por séculos. Mas, desde que os Vigias nos destruíram, tudo se perdeu.

– O que faz você pensar... – observou Raffi, erguendo os olhos. – E se os Vigias forem obra de Kest também?

Galen voltou seu olhar frio e penetrante para o aprendiz. Raffi sentiu o choque, a comichão de poder que sabia ser decorrente da inquietação do Corvo. Por um momento, o grasnido dos pássaros migratórios soou como vozes alienígenas. Os olhos do guardião estavam sombrios e sagazes. No entanto, tudo o que ele disse foi:

– Às vezes eu penso a mesma coisa.

– Mestre das Relíquias!

O grito fez com que os três se virassem.

Os cavalos estavam enfileirados sobre a crista da colina, bem acima. Em meio a eles, uma diminuta figura sorria.

– Como tem passado, Galen Harn? – perguntou, sua voz ecoando entre as pedras.

O Sekoi cuspiu e rosnou alguma coisa em sua própria língua.

– Fiquem quietos – murmurou o guardião. Em seguida, gritou de volta: – Eu estou bem, rei dos ladrões. Mas você está muito longe de casa.

Os comparsas de Alberic sorriram de forma presunçosa; um deles disse alguma coisa e todos riram. Raffi lançou suas linhas de proteção sobre eles; sentiu as armas e uma autoconfiança implacável. Eles não estavam preocupados.

Alberic apontou para o pântano.

– Parece que você está indo ao encontro de problemas. – Usava um casaco axadrezado de cetim azul e pele de urso, o rosto pequeno e astuto com uma expressão de zombaria. – Não há para onde fugir.

– Irei para onde planejei ir – rosnou Galen.

– Jura? Bom, eu odiaria ver aquela minha caixinha azul da morte afundar nesse charco. Por que não a deixa comigo?

– Venha aqui buscá-la.

Alberic fez que não. Mesmo de onde estava, Raffi conseguia ver o brilho naqueles olhinhos sagazes, encobertos pelo capuz.

– É o que pretendo. Mas mandarei meus meninos e meninas no meu lugar. Não gosto de sangue nas minhas roupas.

Galen cruzou os braços. Um gesto simples, mas que fez o sorriso do anão esmorecer. Ele franziu o cenho e olhou para o pântano.

– Espero que não pretenda fazer nenhuma burrice.

O guardião riu, aquela risada dura e esporádica. Raffi ficou aterrorizado, e percebeu que Alberic também ficara preocupado.

– Eu vou entrar nesse caos, pequenino – disse, de modo sério. – E, se ele me engolir, todas as relíquias irão comigo. É melhor deixá-las para o pântano do que para você. Você é uma desgraça para a sua raça, rei dos ladrões. Sua alma é mais seca do que um caroço de ameixa. Você não sabe o que é sentimento, nem o que é alegria. Está cansado do mundo, Alberic, e tudo o que consegue obter vira cinzas em suas mãos.

Por um momento, eles apenas se encararam, sem se mexer, o anão com uma expressão fria e determinada. Então, Galen se virou.

– Vamos.

Eles entraram no pântano, com seu solo macio e lodoso. Atrás deles, Alberic levantou-se na sela, furioso.

– Guardião! Não seja burro!

Uma flecha cruzou os juncos. O solo vibrou com as batidas dos cascos dos cavalos; Raffi sentiu a vibração enquanto afastava os juncos altos.

– Garoto! Você está disposto a morrer com ele? – O grito de Alberic soou rouco de fúria; Raffi tentou ignorá-lo, porém seu pé afundou subitamente na lama e, com um ofego, viu-se mergulhado até a cintura.

Galen o suspendeu.

– Segure-se em mim!

– É fundo!

– E vai ficar mais fundo!

O Sekoi deslizava à frente deles, o rosto retorcido de nojo; Raffi prosseguia com dificuldade, as botas afundando na lama, tonto devido aos vapores e emanações que se desprendiam daquele charco verde e fedorento. Grandes algas reuniam-se ao seu redor, plantas gigantescas com folhas peludas e parecidas com mãos que se agarravam a seus cabelos e pescoço. Enquanto Galen avançava, Raffi escorregou e caiu, dessa vez submergindo totalmente naquela água salobra.

O aprendiz soltou um grito e engasgou. Um par de mãos o suspendeu; um súbito redemoinho na névoa mostrou-lhe o rosto sorridente de Godric. Raffi lutou e esperneou inutilmente; estava sendo arrastado por três dos homens de Alberic, que, de algum lugar, gritava suas ordens numa voz esganiçada.

– Galen! – berrou o aprendiz. Tentou chutar, mas alguém agarrou suas pernas. Uma palma suja de lama tapou-lhe a boca; lançando mão de todo o seu poder mental, Raffi gritou novamente, clamando pelo guardião, pelos Criadores, e, nesse mesmo instante, um raio de luz azul passou por ele, fazendo com que os homens que o seguravam se afastassem aterrorizados.

– A caixa! – esbravejou Alberic. – Ele está usando a minha caixa!

Raffi se levantou. Quase foi pisoteado pelas patas de um dos cavalos; ao erguer os olhos, vislumbrou a brilhante armadura de escamas da garota Sikka através de uma súbita brecha na neblina. Ela o viu e gritou; enquanto o aprendiz tentava se equilibrar, sentiu Galen em algum lugar nas proximidades puxando-o com a força da mente, e se viu sendo arrastado rapidamente em direção ao pântano sob uma saraivada de flechas. Com apenas a cabeça para fora d'água, debatia-se, afogando-se, até que o guardião agarrou sua mão com firmeza e disse:

– Quieto!

No mesmo instante, a noite recaiu em silêncio.

Duas pequenas bolhas estouraram sob seu ouvido, uma após a outra.

O silêncio parecia se quebrar em ondas contra os talos das algas.

Quando Alberic falou, os três ficaram chocados com a proximidade da voz do anão.

– Tudo bem, Galen. Você já provou seu ponto de vista. É nobre, mas que bem irá decorrer de três corpos afogados? Será que é isso que os Criadores desejam?

Os arreios tilintaram em meio à neblina.

A voz do anão soava calma, apaziguadora.

– Saia daí. Podemos chegar a um acordo.

Galen aproximou a boca do ouvido de Raffi.

– Continue. Devagar. Sem se debater.

– Para onde? – perguntou ofegante o aprendiz.

– Em frente.

– Não há nada para vocês aí, guardião! – Era como se Alberic os tivesse escutado. Ele agora mal conseguia controlar sua fúria. – Vocês vão morrer afogados ou sufocados pela neblina! Vários horrores os aguardam, Galen, peixes que irão comer seus dedos, serpentes, sanguessugas, larvas que penetram a pele. Nada além disso! E você, homem-gato, que tanto odeia a água, você sabe que estou certo! O Grande Tesouro jamais terá esse ouro que pesa em seus bolsos!

Encoberto pela névoa, o Sekoi suspirou.

– O pior de tudo é que ele está certo.

– Ignore-o. – Galen liderava o caminho, afastando as folhas com cuidado. Raffi e o Sekoi o seguiam, tentando não fazer nenhum barulho.

– Borrachudos irão botar ovos em seus cabelos, guardião! Germes, febres tenebrosas, isso é tudo o que vocês irão conseguir. Eu quero a caixa! Dê-me ela e poderão ir, todos vocês.

Ele agora esbravejava desesperadamente.

Galen prosseguia em profundo silêncio, cada vez mais fundo, as plantas escuras fechando-se em volta deles. Insetos zuniam. Em uma faixa subitamente aberta de água, Raffi viu a pálida lua, Agramon, como uma moeda refletida sobre um tecido negro.

– Galen! – O rugido de Alberic soou distante. – Você tem tanto medo de mim assim?

Mas eles já estavam longe. A água agora batia no queixo de Raffi, de modo que, se ele tropeçasse, entrava por seus ouvidos e boca, fazendo-o tossir e cuspir. O aprendiz agarrou-se ao casaco do guardião, sentindo a noite se fechar em volta deles. Os três avançavam com dificuldade, abrindo caminho pela vegetação alta, lutando para conseguir respirar, sendo picados por incontáveis moscas.

Em pouco tempo Raffi estava exausto. As roupas encharcadas o puxavam para baixo; o solo lodoso fazia com que cada passo fosse um esforço. Ele tossia, meio engasgado pelo vapor do pântano. O Sekoi também, seus ombros sujos e magros mal podiam ser vistos acima da água, tremendo incontrolavelmente de frio.

A água pareceu se mexer. Algo mordeu o joelho de Raffi; em pânico, ele começou a pular e se debater, gritando de medo.

Galen o agarrou.

– Que foi?!

– Alguma coisa me mordeu! – Segurou-se com força no guardião, tremendo.

– Não tem nada aí.

– Essa coisa vai voltar! – rosnou o Sekoi, deixando-os chocados; a criatura soltou um sibilo de pânico. Destacando-se contra a névoa, eles viram seus olhos amarelos, o rosto peludo inchado pelas mordidas e coberto de carrapatos. – Pelo amor de Flain, Galen! Precisamos voltar!

Teimoso, o guardião fez que não, sacudindo os cabelos encharcados.

– Estamos perto – arquejou. – Sei que estamos.

– Não tem nada aqui! – A criatura se aproximou e agarrou o braço do guardião com seus dedos magros, pingando água. – Nada! Foi tudo destruído. As Terras Inacabadas engoliram o que quer que houvesse aqui. Mesmo que consigamos encontrar a ilha, ela terá sido tomada por essa vegetação fedorenta e venenosa. Escute o que estou dizendo. Isso é uma loucura. Nós podemos voltar, evitar Alberic e fugir. Podemos encontrar outro caminho...

Sua voz soava baixa, hipnótica. Alertas zuniam na mente de Raffi; sabia que o Sekoi estava tentando enfeitiçá-los com seu dom de contador de histórias, mas não se importava; queria que ele convencesse Galen a tirá-los dali antes que perdesse suas forças, antes que...

– NÃO! – O rugido de Galen foi selvagem. Uma súbita explosão de energia espocou em Raffi; o aprendiz cambaleou e, enquanto brandia um braço de maneira enlouquecida para não submergir, bateu em alguma coisa dura. Sólida.

– Isso não vai funcionar em mim! – berrou o guardião.

– Galen – sussurrou Raffi.

– Volte se quiser! E leve o garoto! Prefiro morrer a desistir!

– Então morra! – rosnou o Sekoi. – Isso não é fé. É burrice!

Raffi esticou a outra mão e tateou a superfície. Era real. O brilho frio e fosforescente dos fogos-fátuos tremeluziu sob ela.

– Galen.

– *Que foi?* – rugiu o guardião.

– Tem uma espécie de ponte...

Em meio ao silêncio que se seguiu, uma lombriga passou diante do rosto do aprendiz. A água ondulou e Galen empurrou Raffi para o lado.

Era um emaranhado denso de galhos, encaixado entre estacas. Velho e apodrecido. Contudo, em meio aos vapores esverdeados da neblina, era um presente dos deuses.

Galen desvencilhou-se da mochila encharcada e a soltou nos braços do Sekoi. Subiu na estrutura, provocando um grande deslocamento de água ao erguer o corpo. Os galhos estalaram e a névoa se fechou em torno dele. Alguma coisa bateu no rosto de Raffi e ele deu um tapa para afastá-la, o corpo inteiro trêmulo.

Galen, então, se agachou, os olhos brilhantes, os cabelos caindo sobre o rosto.

– Vamos.

Içou Raffi e o soltou sobre o emaranhado de galhos; o aprendiz permaneceu deitado onde caíra, imóvel, deixando que a água escorresse de seu corpo, pingando dos cabelos, das mangas e dos bolsos, dos olhos e da mente. Não percebeu que havia apagado até Galen o agarrar e o colocar sentado, esfregando seus braços encharcados vigorosamente.

– Não é hora de dormir. Você vai congelar.

Ele assentiu, tremendo. Agora que estava fora d'água, o frio era insuportável; não conseguia parar de tremer.

O guardião o ajudou a se levantar.

– Essa ponte deve dar em algum lugar – observou, numa voz rouca. – Precisamos descobrir onde.

Ele estava eufórico. Mesmo dormente, Raffi sentiu a animação dele, e imaginou o porquê daquilo. Durante toda a quietude da neblina, todos os intermináveis quilômetros de pântano, sua mente não conseguira tocar em nada nem em ninguém, em nenhum poder dos Criadores, absolutamente nada que não um pesadelo de seres aquáticos e escorregadios. Todos os fios de poder que deveriam estar na terra encontravam-se emaranhados, quebrados, profundamente submersos. Galen, porém, tinha uma fé inabalável; ele mal conseguiu esperá-los, começou a abrir caminho entre as folhas, andando rápido e sem muito cuidado sobre o emaranhado de galhos da ponte, que estalavam e se partiam sob seu peso.

O Sekoi incitou Raffi a segui-lo.

– Às vezes eu acho que ele enlouqueceu – comentou com amargura. – Aquele negócio na cidade. Ele saiu avariado.

Raffi fez que não, pulando um buraco.

– Ele sempre foi assim. Mesmo antes de falar com os Criadores. Foi por isso que eles o escolheram.

O Sekoi ficou em silêncio. O caminho ficava mais escuro a cada passo; às vezes eles mal conseguiam enxergar uns aos outros. Galen era uma sombra à frente. Raffi seguia aos tropeços; sentia-se doente e enjoado, com calor, sede e um profundo frio, tudo ao mesmo tempo.

De repente, viu que o guardião havia parado.

Galen estava imóvel. Totalmente imóvel. Aproximando-se, viu que eles haviam chegado ao fim da ponte. Ela terminava abruptamente; não havia nada além. Nada, exceto a neblina.

O Sekoi soltou um sibilo de pânico. Raffi cerrou os punhos. Queria sentar e chorar, mas não iria fazer isso, de jeito nenhum. Era um aprendiz da Ordem. Precisava ter fé.

Em meio ao silêncio, o Sekoi perguntou:

– E agora?

Galen não respondeu. Estava alerta, como se estivesse escutando.

– Talvez devamos tentar a outra extremidade – disse Raffi, desanimado.

– Não, não. – Galen agarrou o cajado com força. – É aqui.

Antes que eles o pudessem impedir, deu um passo à frente, em direção ao pântano.

Raffi gritou e tentou agarrá-lo, mas, para sua surpresa, o guardião não afundou; permaneceu onde estava, sobre a superfície espumosa, como se ela fosse sólida, algo duro e real.

E, de repente, tudo mudou.

Uma brisa morna soprou a neblina para longe. Ele sentiu o cheiro de grama e maçãs e, admirado, viu todas as luas aparecerem acima de sua cabeça, uma após a outra, como se estivessem esperando ali o tempo todo.

Diante deles, a relva escura recobria uma encosta banhada pelo luar, e havia uma figura sob as macieiras. Quando ela se levantou, eles viram que a mulher possuía duas sombras, cada qual um eco de si mesma.

– Sejam bem-vindos, guardiões – disse a mulher, sorrindo. – Tive medo de que ninguém mais fosse aparecer.

15

Lá não haverá problemas;
Lá o verão será eterno.
Lá eu falarei com meu povo
através da língua da água.

Flain para Artelan, Sonho de Artelan

RAFFI ESTAVA ACORDADO, mas não abriu os olhos.

Em vez disso, continuou deitado, enroscado no aconchego da pesada manta de lã de carneiro, totalmente relaxado, escutando o som da água batendo sobre as pedras em algum lugar lá fora, um interminável gorgolejar. Um passarinho cantava ao fundo, um tordo ou um pintassilgo; porém, mais ao longe, reinava apenas o silêncio, um silêncio tranquilo, sem preocupações.

Pegou no sono novamente, até que foi acordado pela comichão da lã macia sobre seus ombros nus. Coçando, virou-se de barriga para cima, bocejou e abriu os olhos. E, então, se sentou.

A casa, sustentada por pilastras, era grande e limpa. A porta aberta permitia a entrada da luz do sol. Com as pontas dos dedos, tocou as picadas em seu rosto. A tarde já ia pela metade; tinha dormido demais.

Levantou-se e encontrou suas roupas, lavadas e inacreditavelmente macias; ao vesti-las, tentou se lembrar da última vez em que elas haviam sido limpas, e não conseguiu. Usou a tigela de prata com água para lavar o rosto, molhando os cabelos e o pescoço. Enquanto se secava, viu a sombra do Sekoi bloquear a porta.

– Ah, você acordou! – Ele parecia animado, apesar da pálpebra inchada.

– Onde está Galen?

– Aqui perto. Ele não dormiu muito. Passou a maior parte da manhã conversando com Tallis.

Raffi franziu o cenho. Tivera apenas um breve vislumbre da mulher na noite anterior. Tudo o que conseguira sentir é que ela era velha, uma figura encurvada na escuridão.

– Ela é a única pessoa aqui?

O Sekoi sorriu e piscou para ele.

– Ela é a Guardiã. Mas, se há somente uma dela, ainda não consegui descobrir. – Dizendo isso, saiu de novo, abaixando a cabeça para passar pela porta.

Intrigado, Raffi o seguiu.

Uma vez do lado de fora, correu os olhos ao redor, acometido por uma súbita e tépida sensação de alegria. A casa ficava no meio de um gramado verdejante, flanqueado por antigos carvalhos e faias, e, mais além, o pomar das macieiras; mesmo dali, conseguia sentir a fragrância das frutas maduras. Em torno da casa havia canteiros de flox, margaridas e gencianas vermelhas ainda em floração, além de dedaleiras, com seus botões pintadinhos cobertos por nuvens de enormes abelhas. O céu era de um azul cálido. Atrás das árvores erguia-se uma colina estranha e pontuda, uma protuberância esquisita com um gavião sobrevoando-a em círculos. Talvez fosse exatamente isso o que Artelan vira em seu sonho.

O Sekoi sorriu.

– Difícil de acreditar, não é, pequeno guardião?

– Como isso pode estar aqui? Como pode ter sobrevivido?

Ele deu de ombros.

– Pergunte à Guardiã. Ao que parece, a Ordem ainda detém mais poder do que meu povo pensa.

Galen estava esparramado na grama sob uma faia. Vestia uma camisa verde e parecia estranhamente limpo também. Ostentava uma expressão de sóbria felicidade que Raffi jamais vira antes. Ao seu lado estava a mulher. Ela se levantou com dificuldade, e o aprendiz viu que ela era muito velha; uma anciã pequena e encurvada num vestido amarronzado, com cabelos brancos e um rosto astuto e encarquilhado.

– Seja bem-vindo, Raffi. Venha, coma alguma coisa.

– Obrigado. – Ele se agachou junto aos pratos semivazios, com fatias de presunto, queijos e um pão de crosta crocante que se partia em pedaços branquinhos e macios. Havia diferentes tipos de frutas também, ameixas e peras, além de tortas quentinhas de amoras e jarros de creme fresco. Começou a comer com sofreguidão.

Eles o observaram por um tempo. Então, Galen perguntou:

– Quando começo?

– Amanhã. – Os olhos da mulher, de um azul muito pálido, fitavam Raffi de forma divertida.

– Começar o quê? – murmurou o aprendiz, enquanto engolia.

– Os Testes. – Ela se virou para o pomar. – Galen me contou o motivo de vocês terem vindo. Para descobrir onde essa criança está, esse inter-rei, Galen terá que beber da fonte, e para isso precisa se preparar, caso contrário não será seguro. É necessário um período de jejum, orações, uma peregrinação de arrependimento ao redor da ilha e uma noite sozinho no pico. Então, quando estiver pronto, ele poderá beber.

Raffi serviu-se de um generoso pedaço de torta.

– Quanto tempo isso leva?

O guardião mudou de posição, fazendo as contas cintilarem.

– Depende dos Criadores.

– E de você – acrescentou a mulher baixinho.

Ele assentiu.

– É verdade. E de mim. Nós podemos ser guardiões, mas a vida lá fora nos mudou. Os ensinamentos estão fragmentados, e muito se perdeu. Passamos dias demais fugindo e nos escondendo, sem podermos nos dedicar às orações. Restam agora poucas relíquias. E a vida dos Criadores presente nas árvores, folhas e pedras está retrocedendo, cada vez mais difícil de alcançar.

Por um momento, ela apenas o observou.

– Vejo que isso o machuca – disse.

Ele ergueu os olhos escuros.

– Sim. Mas este lugar... A vida aqui é forte. Como conseguiu mantê-la?

O Sekoi aproximou-se, sentou e começou a pescar as ameixas. Ela o cumprimentou com um meneio de cabeça.

– Nosso amigo aqui tem um cinto cheio de moedas de ouro preso ao corpo.

Ele quase engasgou.

Raffi soltou uma sonora gargalhada.

– Como você sabe?

– Ah, eu sei. Mas ele mantém o tesouro escondido sob a superfície, assim como nós aqui. Flain fez desta ilha um local sagrado. O solo possui linhas profundas de energia, e a água, estranhas propriedades. Quando o pântano começou a se espalhar à nossa volta, aumentando ano após ano, ficamos preocupados, porém a ilha permaneceu intocada. Alguns guardiões vieram aqui durante esses anos de destruição, e foi assim que soubemos o que estava acontecendo: a queda de Tasceron, a morte do Imperador. No entanto, depois que o pântano tornou-se mais denso e a neblina surgiu, nossa ilha se perdeu. Os Vigias nunca encontraram a gente.

Raffi passou o dedo pelo prato vazio. No silêncio que se seguiu, ele perguntou:

– A gente?

Tallis se virou para ele com um sorriso penetrante.

– Eu disse "a gente"? Não há mais ninguém aqui além de mim.

Ela tentou se levantar e Galen precisou ajudá-la. Quando ele se abaixou para recolher os pratos, ela pousou a mão enrugada sobre seu ombro.

– Não. Vá se preparar, guardião. O garoto pode me ajudar... Em troca, cuidarei das lições dele enquanto você estiver ocupado.

Galen anuiu em gratidão.

– Ele precisa. Seja dura com ele.

Ela se virou para Raffi e sorriu.

– Ah, eu serei.

No entanto, após a louça ter sido lavada, Tallis permitiu que ele saísse para explorar o local. O aprendiz perambulou em meio à relva alta do pomar. Os galhos estavam carregados com diversas espécies de maçãs e nêsperas, que também se espalhavam pelo chão, algumas podres e comidas pelas lagartas. Um rico aroma pairava no ar, juntamente com o zumbido das abelhas produtoras de mel. Ao final dos campos havia um portão; ao passar por ele, Raffi viu-se numa trilha semiencoberta pela vegetação, os caules altos das plantas umbelíferas, como salsa, cicuta e erva-doce, lançando suas sementes no ar à mais leve brisa. O gorjear dos pássaros era acompanhado pelo farfalhar das folhas dos elmos, que se soltavam dos galhos apenas para serem capturadas pelas teias de aranha. Estava tão quente que ele tirou o casaco e o pendurou numa cerca viva antes de continuar o passeio, assobiando e sentindo-se extremamente feliz. Era como se eles tivessem se livrado de uma angústia permanente. Ali, o tempo parecia ter parado. Nada poderia perturbar a paz.

Decidiu abandonar a trilha e começou a subir a colina, a princípio rapidamente, e depois mais devagar, sentindo a brisa açoitar seus cabelos e esfriar o suor que lhe cobria o corpo. Em pouco tempo, seu peito arfava devido à difícil escalada; inspirou fundo algumas vezes e continuou, mas, sempre que olhava para cima, via somente uma interminável encosta verdejante, tão íngreme que quase precisava puxar o corpo com a ajuda das mãos.

Quando finalmente alcançou o topo, estava sem fôlego, encharcado de suor, e sentou-se na grama para descansar. Lá embaixo, a ilha estendia-se serenamente sob a luz do entardecer. O sol se punha atrás dos campos e do pomar; um grande globo vermelho cintilando entre os bancos de nuvens, entre os estranhos e ondulantes véus de névoa que encobriam o pântano. Observou-o se pôr, respirando fundo, brincando com as contas azuis e roxas de seus colares. Era assim que deveria ser, assim que tinha sido. Essa era a lei da Ordem, tudo pelo que Galen lutava. Estranhas lembranças cruzaram-lhe a mente. Pouco a pouco, as cores foram esmaecendo; a ilha tornou-se um ocaso arroxeado de mariposas e corujas piando nas matas ao longe. Raffi continuou vendo o cair da noite, quieto, sem se mexer.

Naquela noite, Galen acendeu a lareira da casa e arrumou as velas. O Sekoi observou, curioso.

– Posso ficar?

– Se quiser – respondeu o guardião de modo seco. – Talvez você aprenda alguma coisa.

Dois dos gatos que viviam ali entraram subitamente pela janela; um deles aconchegou-se no colo do Sekoi, o outro aproximou-se ronronando de seu ouvido. A criatura ronronou de volta, como se estivesse falando com eles. Em seguida, disse:

– Peço desculpas pelo meu comportamento no pântano. Você estava certo, como podemos ver.

Galen parou por um momento com a mão no ar. Em seguida, acendeu outra vela.

– Desta vez – replicou baixinho.

Raffi se virou ao escutar a porta abrir. Para sua surpresa, uma jovem mulher entrou, seus longos cabelos ruivos presos numa trança frouxa. Ela se sentou ao lado de Galen.

– Estamos prontos?

– Quando você estiver, Guardiã.

Ela correu os olhos em volta.

– Raffi?

Eles estavam rindo dele, sabia. Tentou não demonstrar sua perplexidade.

– Estou pronto.

Os três se sentaram e Tallis começou. Ele sabia que era ela, a mesma mulher, só que impossivelmente mais jovem. Em meio ao tremular das chamas e ao repicar dos sinos, eles entoaram os longos e sonoros versos da Litania, os louvores aos Criadores, que soaram mais misteriosos para Raffi do que jamais haviam soado antes, até que Galen e Tallis passaram para os cânticos e capítulos que ele ainda não tinha aprendido, repletos de pesar pelo mundo destruído e de ecos de antigas palavras.

Mais tarde, enquanto dormia em sua cama aquecida, as palavras voltaram-lhe à mente, num fluxo tão constante quanto o da água que gorgolejava lá fora.

EM SARRES, OS dias mesclavam-se de forma indistinta. Folhas avermelhadas de faia caíam silenciosamente sobre a relva. Galen jejuou e passou longas horas meditando na quietude do jardim, tão imóvel que parecia estar dormindo. No segundo dia, ele subiu a colina, descalço, enquanto Raffi o observava lá de baixo, esparramado sob o sol. Juntos, recitavam as orações do nascer e do fim do dia. No intervalo, Raffi estudava com Tallis, alimentava as galinhas ou ajudava na interminável colheita de maçãs e peras.

Tallis o deixava confuso. Às vezes, era uma mulher velha; noutras, uma jovem com cerca de 20 anos, cheia de energia, balançando seus cabelos vermelhos e escalando com facilidade as frondosas macieiras. Certa vez, enquanto tentava pescar uma carpa no pequeno lago, viu-a sair do meio das árvores como uma menininha de 10 anos de idade, chamando-o com uma voz esganiçada e petulante, o que o fez se empertigar e gelar por dentro.

– Está na hora do chá.

Ele se levantou. Ela era pequena, com um rosto rechonchudo e os cabelos vermelhos emaranhados. O vestido amarronzado, agora curto, deixava à mostra as pernas desnudas.

– Quem é você? – ofegou ele. – Como consegue fazer isso?

A garotinha riu.

– Sou a Guardiã – respondeu. Em seguida, mostrou-lhe a língua e saiu correndo.

Resolveu perguntar ao Sekoi se ele sabia algo sobre isso, uma vez que Galen estava ocupado demais. A criatura havia confeccionado uma rede e a pendurado entre as árvores do pomar; passava horas lá, cochilando preguiçosamente na sombra.

O Sekoi se abanou com uma folha de castanheira, uma das pernas pendurada para fora da rede.

– Você é o guardião.

– Mas eu não entendo! Como ela... Será que essa habilidade é um presente dos Criadores? Que idade ela tem realmente?

– *Realmente* é uma palavra que não tem significado algum. – O Sekoi fechou os olhos. – Meu povo conta histórias sobre seres assim. Afinal de contas, nossas idades anteriores estão presentes em algum lugar dentro de nós.

Raffi pegou uma pedra na grama e a virou de cabeça para baixo.

– Está dizendo que ela não é humana?

– Por que não? Eu não sou.

– Eu sei, mas... Bem, existe o seu povo e existe o nosso. Isso é tudo.

– E quanto ao Corvo?

O aprendiz ergueu os olhos; o Sekoi o fitava com apenas um dos olhos abertos.

– Como assim?

– O que eu quero dizer, pequeno guardião, é o seguinte: os Criadores refizeram este mundo, e depois Kest o distorceu. Quem sabe quantos seres existem por aí?

Raffi pensou sobre isso por um tempo. Então, disse:

– Eu gostaria de viver aqui para sempre.

No entanto, ou a criatura pegara no sono, balançando-se suavemente, ou não tinha nenhuma resposta para lhe dar.

No dia seguinte, Raffi tentava decorar o sonho de Artelan quando, de repente, ergueu os olhos para Tallis. Ela estava remendando os buracos em seu casaco, uma verdadeira anciã agora, o rosto pálido e encarquilhado, as mãos duras e nodosas em decorrência da artrite.

– Fale-me sobre o poço – pediu. – Nesse tempo todo que estamos aqui, eu ainda não o vi.

– Nesse tempo todo? – zombou ela, gentilmente. – Quanto tempo você acha que é isso?

– Seis dias. Sete?

– Quatro.

Ele ficou pasmo.

– Só isso?

Ela afastou alguns fios de cabelo grisalho da bochecha. O aprendiz reparou nas dobras de pele solta sob o queixo.

– Só isso. Quanto à fonte, não fica longe. Você consegue escutá-la, não consegue?

– Consigo. Desde que a gente chegou.

– E você pode encontrá-la se quiser. Galen estará pronto em pouco tempo. – Ela o fitou com olhos aguados. – Seu mestre é um homem estranho. Tem alguma coisa dentro dele.

Ele baixou os olhos para o gasto livro em seu colo.

– Eu sei.

Ainda observando-o, Tallis perguntou:

– Ele é um homem difícil de se conviver?

– Sempre foi. – Dizendo isso, deitou-se na grama e fechou os olhos, o livro apoiado sobre o peito.

Mais tarde, depois do jantar, Raffi saiu e atravessou o escuro jardim, seguindo o gorgolejar da água. Tallis permaneceu em casa, cantando com sua voz de menininha; o Sekoi acomodou-se diante do fogo e se juntou a ela com seu timbre desafinado. O aprendiz não fazia ideia de onde Galen estava.

A noite tinha um tom púrpura, ligeiramente enevoado. Três luas brilhavam no céu, Cyrax, Karnos e Lar, a última um pálido crescente prestes a se pôr. Estrelas cintilavam em meio aos galhos. Tudo estava tão quieto que ele conseguia escutar o eco de seus passos sobre a relva, o farfalhar e estalar dos galhos baixos que afastava do caminho.

O gorgolejar ficou mais alto. Parecia uma voz agora, uma música constante que falava de segredos e tradições esquecidas. Enquanto abria caminho para passar sob um robusto teixo, descobriu que seu enorme e velho tronco elevava-se de um punhado de rochas escarpadas. A água escorria debaixo dele por uma profunda fenda, despencando em um pequeno lago circundado por pedras cobertas de musgo. Virada de lado e presa à margem por uma corrente, estava uma caneca de prata.

Agachando-se, tocou a água. Ela era fria e parecia negra. Algumas folhas mortas flutuavam na superfície; retirou-as com a ponta dos dedos. Então, sem parar para pensar, pegou a caneca e a encheu, reparando nos sete símbolos lunares da Ordem impressos na lateral, quase apagados pelo uso.

Algumas gotas respingaram de volta no lago.

Sabia que não devia fazer isso, que não estava preparado, mas era apenas água, só um golinho, e ele estava com muita sede; além do mais, se alguma coisa acontecesse, realmente acontecesse, Galen ficaria satisfeito em saber que ele fora capaz de fazer aquilo, que estava preparado para ser um guardião de verdade.

Levou a caneca aos lábios e bebeu.

A água era fria.

Tão logo deu o primeiro gole, não conseguiu parar até que a caneca estivesse vazia.

16

Para fazer a Grande Jornada,
o guardião precisa estar pronto e ter experiência.
Ele precisa ter completado os Testes
e ser sábio.
Caso contrário, sua mente irá se despedaçar
sob o jugo dos Criadores.

Quarto Aviso de Gaeraint

ELE ESTAVA VOANDO.

Embora não tivesse asas.

Nem corpo.

Tonto, Raffi olhou através das nuvens que passavam velozes abaixo dele; pelos buracos e fendas entre elas, viu uma região inteira estender-se diante de seus olhos; campos verdejantes, cercas, o brilho dos rios longos e serpenteantes, o emergir súbito de uma cadeia de montanhas. O ar tornou-se gélido; com um ofego, mergulhou numa das nuvens e sentiu os diminutos cristais espetando-o como agulhas, até que, ao sair do outro lado, foi novamente aquecido pelo sol, e o gelo em suas pestanas começou a derreter.

Lutou para se controlar, mas não conseguia parar, não conseguia se manter estável. Sobrevoava agora uma rede de lagos e, então, uma grande floresta; o cheiro de seiva e pinho deixou-o ainda mais tonto, as árvores pareciam gritar com ele. Um novo mergulho lançou-o sobre as copas, espantando os pássaros, que alçaram voo em meio a grasnidos de irritação; gatos selvagens rosnavam e rugiam. Arrastado para longe dali, ofegante, planou acima dos campos, dando piruetas no ar, nu e coberto de pelos, lutando para diminuir a velocidade, até que conseguiu se estabilizar e olhou para o chão em busca de sua sombra, mas ela não estava lá.

Sabia o que era isso. O Passeio, a primeira etapa da Grande Jornada, que continuaria assim indefinidamente, a menos que conseguisse controlá-lo. Um enxame de abelhas selvagens passou zunindo por ele; debateu-se ao sentir as ferroadas, e gritou para que elas parassem. Tentou, então, fechar os olhos, esforçando-se para controlar sua mente, mas foi ainda pior; não conseguia respirar, estava morrendo de medo de chocar-se contra alguma colina. Ao reabri-los, soltou um guincho abafado; estava sendo sugado por uma estreita fenda na encosta da montanha, arremessado ao longo dela, arrastado através de um abismo de gelo, roçando nas paredes de pedra, batendo e se machucando. Viu de perto os olhos espantados de uma raposa de fogo escondida numa caverna, os diminutos liquens esverdeados, o serpentear de uma cobra que caiu da plataforma onde se encontrava e passou por ele em meio a um chacoalhar das pedras.

Uma grande rocha surgiu subitamente à frente; com um berro, lançou-se para o lado e, de repente, estava fora da ravina! Soltou um grito de alívio ao ver-se novamente envolto pela imensidão do céu azul. Lutou amargamente para recuperar o controle de sua mente e conseguiu diminuir sua velocidade, pouco a pouco.

Com cuidado, baixou a altitude. Estava no controle agora; mas, então, se perdeu de novo e foi mais uma vez arremessado através do ar. Não conseguia acompanhar o que estava acontecendo. Tentou controlar o pânico, rezando por ajuda, repetindo a Litania sem parar, aterrorizado.

Estava sobrevoando as Terras Inacabadas. Elas eram muito mais funestas do que ele havia imaginado. Uma vasta extensão de platôs onde nada crescia, com grandes crateras abertas no solo, de onde se desprendiam nuvens nefastas de fumaça, sufocando-o. As ravinas lançavam chamas e centelhas no ar; mais à frente, um cone de cinzas jorrava uma lava causticante, espalhando a destruição por quilômetros a fio. Viu rapidamente as ruínas das casas devastadas. Erupções e deslocamentos de terra ocorriam diante de seus olhos, como se os átomos das pedras e do solo estivessem se desfazendo; fortes abalos abriam fendas nas montanhas, novos rios surgiam do nada, liquens sinistros encobriam toda e qualquer vida putrefata. Começou a achar que estava sobrevoando uma grande doença, como se Anara houvesse sido infestada por abscessos, como se estivesse queimando, sucumbindo a uma febre perniciosa. Então, deparou-se subitamente com algo ainda pior, um grande machucado, uma enorme ferida aberta na superfície do planeta, de onde emergiam criaturas tão desfiguradas que mesmo do alto o enchiam de pavor.

Os Poços de Maar.

Sete grandes buracos, uma espécie de avesso obsceno das luas.

Eles estavam presentes em todas as histórias que escutara na vida, mas sua simples visão o encheu de pavor. O mais próximo parecia puxá-lo. Desesperado, lutou para se afastar, em vão. Foi arrastado, virado e se viu caindo de ponta-cabeça, quilômetro após quilômetro, os braços abertos, gritando. O poço parecia uma boca escancarada, com milhares de plataformas que desciam espiralando em direção ao fundo, uma debaixo da outra. Enquanto caía, a escuridão se fechou à sua volta e o engoliu numa só bocada.

VIU-SE EM PÉ no meio de um quarto.

Estava muito escuro; não havia nenhuma vela. Um pequeno fogo ardia num braseiro; ao olhar para ele, viu que em frente havia uma mesa e, sentado atrás dela, escondido pelas sombras, alguém escrevia.

Confuso, correu os olhos ao redor. Sentia-se tonto e enjoado, exausto, machucado, e, por um momento, o quarto pareceu girar à sua volta, mas então parou.

O único som era o da caneta arranhando o papel.

Estava feliz pelo fogo; estendeu as mãos debilmente em direção a ele e viu, chocado, que elas eram frágeis e fantasmagóricas, sendo possível enxergar através delas.

A figura atrás da mesa não levantou a cabeça, mas, de repente, o arranhar da caneta tornou-se um som agourento, como se as palavras que formava fossem funestas. Raffi percebeu que ela havia sentido sua presença, ou então o escutado. Permaneceu imóvel, o coração martelando com força.

Estava escuro demais para enxergar a figura com clareza, mas havia algo muito errado com ela, um suave deslizar de correntes ou escamas, algo de macabro em sua forma. Lentamente, ela parou de escrever e soltou a caneta.

Raffi olhou, boquiaberto, para a mão iluminada pelo fogo. Ela era grande, sulcada. Não era humana.

Soube, então, com uma súbita certeza, que estava nas profundezas do inferno, em um dos Poços de Maar, onde os horrores inimagináveis de Kest proliferavam, alastrando-se e arrastando-se pelos vários quilômetros que o separavam da superfície.

A figura falou. Sua voz era baixa, reptiliana.

– Quem é você? – sibilou ela.

Petrificado de pavor, ele não conseguiu responder.

Podia ver o contorno de seu rosto: comprido, muito comprido. Sabia que teria um colapso caso ela se levantasse e se aproximasse da luz do fogo, que se encolheria de medo, que ela destruiria sua mente como uma chama abrasadora. No entanto, não conseguia desviar os olhos da criatura.

Feche os olhos, gritou consigo mesmo. Feche os olhos! Mas eles continuaram fixos nela. Suas pálpebras estavam rígidas como folhas de aço, não conseguia forçá-las a se fechar.

A figura remexeu-se na escuridão.

– Um guardião! – observou, de forma pensativa. Ela começou a se levantar.

De repente, Galen estava lá, Galen o estava ajudando. Juntos, abaixaram à força suas persianas de ferro, bloqueando o quarto, o fogo, o pesadelo daquele rosto estreito. Gritos ininterruptos ressoavam ao longe. Raffi achou que fosse ele, mas poderiam ser de outra pessoa. Por um segundo, viu-se deitado numa cama escura, mantido ali por silhuetas altas que o chamavam sem parar.

Decorreram-se, então, cem anos de silêncio.

Um curso de água derramava-se num lago.

– Raffi?

Tempos depois, sentiu Carys ao seu lado. Eles estavam sozinhos num lugar dourado. Ela correu os olhos em torno, confusa.

– Que lugar é este?

Ele estava sentado sobre uma pedra, encolhido. Quando ela falou, percebeu que conseguia se mover. Ainda que com dificuldade, esfregou o rosto com as mãos. Sua pele parecia estranha; as mãos semelhantes às de um velho.

– Não sei.

Ela se ajoelhou e pousou uma das mãos em seu braço.

– Você está bem?

– Estou feliz que esteja aqui.

– Mas onde é aqui? Céus, gostaria que essa gritaria parasse!

Raffi teve uma vaga sensação de que poderia fazer alguma coisa quanto a isso. Os gritos distantes esmoreceram, dando lugar ao silêncio. Em seguida, falou:

– Isto é um sonho. Uma visão. Bebi a água do poço, Carys. Não devia ter feito isso. Foi burrice! E agora estou perdido. Não sei onde estou; só sei que estou aqui há muito tempo. E não consigo voltar!

Ela o fitou atentamente.

– Você parece mais velho. Você *está* mais velho.

Ele sabia, podia sentir-se envelhecendo, como se os meses e anos estivessem passando a toda velocidade por seu corpo. Seu queixo estava coberto por uma barba incipiente e suas mãos eram grandes demais.

Ela o agarrou; seu toque era cálido.

– Concentre-se, Raffi! O que você veio procurar aqui?

– O quê?

Carys o sacudiu com impaciência.

– O que você está procurando? O inter-rei?

– Isso!

De repente, a palavra pareceu brilhar diante dele; esticou os braços para agarrá-la e viu que ela era sólida, pesada. Era uma caixa. Raffi a abriu, entrou nela e começou a descer uma grande escadaria. Atrás dele, Carys parou no primeiro degrau.

– Rápido! – advertiu ela. – O tempo está se esgotando!

Conseguia vê-lo também, o tempo escorrendo pelos degraus e passando por ele como se fosse água, fluindo e pingando, emitindo um som alto e próximo, como o de uma fonte que jamais secaria.

Quando chegou ao pé da escada, havia se tornado um velho; seus cabelos estavam brancos e ele não conseguia empertigar o corpo; uma forte dor pulsava em seu flanco. Contudo, enquanto prosseguia mancando, uma linha de proteção emergiu do escuro e o envolveu, fazendo-o rejuvenescer imediatamente. Viu-se então com 10 anos de idade, abrindo uma porta e entrando numa sala de aula.

ERA UMA SALA enorme. Profundamente gelada.

Cerca de cinquenta crianças sentadas em fileiras, escrevendo em silêncio. Chocado, percebeu que todas usavam em volta do pescoço a insígnia dos Vigias.

Escolheu uma mesa nos fundos, sentou-se e leu o que havia no papel. Reconheceu a caligrafia de Galen.

Qual delas é o inter-rei?

Ergueu os olhos e viu um homem alto e magro percorrendo as fileiras de mesas, carregando uma vara lascada debaixo do braço. De vez em quando, ele parava e gritava um número. Uma das crianças se levantava, recitava algum artigo do Regulamento e voltava a se sentar.

Raffi sentiu algo gelado em contato com o peito. Tateou embaixo da camisa e puxou um pequeno distintivo de metal preso a uma correntinha. Leu o número escrito nele: 914.

Foi então que percebeu uma garotinha com cabelos vermelhos e curtos sentada do outro lado da sala. Ela não devia ter mais do que 6 ou 7 anos, e o observava com uma expressão dissimulada. Ofereceu-lhe um sorriso.

No mesmo instante, ela levantou o braço.

– Que foi? – rugiu o mestre Vigia.

– Ele não está escrevendo.

– Quem?

– Ele.

Apontou para Raffi. Todas as cabeças se viraram para ele. O aprendiz engoliu em seco; o mestre Vigia já estava vindo em sua direção como uma enorme cegonha de pernas compridas.

– Levante-se – sibilou.

Ele agora era uma cegonha de verdade, uma cegonha preta com um bico cruelmente afiado.

– Repita o Regulamento – bradou, mas Raffi não conhecia as palavras.

O bico da ave cutucou-lhe o peito.

– Repita!

– Não... não posso.

– Não pode?

– Eu não sei – gritou, desesperado. Olhou para a garota do outro lado da sala. – Por que você me dedurou?

Ela deu uma risadinha.

– Os Vigias precisam vigiar uns aos outros, seu burro.

Raffi. Consegue me escutar?

– Ele é um espião! – rugiu a cegonha.

Raffi viu-se imediatamente cercado, empurrado, cutucado. Mãos os agarraram com força, de modo que ele não conseguia se mexer, e, embora fossem apenas crianças, elas começaram a mudar diante de seus olhos, sibilando, criando rabos, transformando-se com a velocidade de um pesadelo.

– Ele precisa ser punido! – O bico da cegonha investiu contra seus olhos; Raffi deu um pulo para o lado, apavorado.

– Que lugar é este? – gritou. – Uma das Casas dos Vigias, mas qual delas? Diga-me!

Raffi.

A garota soltou uma risadinha presunçosa, as orelhas pontudas como as de um gato.

– A 770, na Floresta de Keilder.

Raffi! Ele está voltando. Ele está voltando!

Mãos o arranhavam; Raffi lutou, mordeu e esperneou, mas elas o seguravam com firmeza. O temível bico da cegonha investiu contra sua testa; ele sentiu uma súbita explosão de dor e o sangue começou a escorrer. Enquanto isso, uma voz repetia sem parar:

– Raffi. Pare de lutar, Raffi. Abra os olhos. Abra os olhos.

Por fim, tomado pelo desespero, ele os abriu, embora soubesse que já estavam abertos.

O Sekoi caiu sentado, com uma sombria e esgotada expressão de alívio.

– Está tudo bem, Galen – disse. – Ele voltou.

17

Eles me interrogaram.
– O que você fez? – rugiram, raivosos.
Permaneci em silêncio.
Não tive coragem de lhes contar meu pior feito.

Lamentos de Kest

– NÃO ACREDITO QUE você tenha sido burro o bastante de fazer isso – rosnou Galen.

Tallis e o Sekoi trocaram rápidos olhares.

– Isso já não importa. – Ela entregou a Raffi uma caneca. – Enfim, terminou.

A casa estava às escuras. Eles estavam sentados em volta do fogo, Tallis em sua versão jovem. Pela porta aberta, era possível ver as mariposas sobrevoando o jardim enluarado.

Raffi tomou um gole da cerveja aquecida. Ainda se sentia cansado, tonto e arrependido. Tinham lhe dito na véspera que ele havia ficado naquele sonho comatoso por três dias e três noites. Sabia agora que jamais conseguiria ter saído dele sozinho; Galen fora buscá-lo, tendo mergulhado fundo em sua jornada, porque era isso o que havia acontecido, a Grande Jornada, que só os Mestres das Relíquias deveriam fazer. Mais um pouco e ele estaria morto. Mesmo agora, um dia depois, mal tinha forças para conjurar uma linha de proteção, e caía sempre que tentava se levantar.

A cerveja era adoçada com mel. Ela o fez se sentir melhor.

Ao acordar, tudo o que queria fazer era vomitar e dormir. Galen, porém, fora implacável. Ele o obrigara a contar o sonho, todinho, nos mínimos detalhes, e só depois permitira que Raffi cedesse às suas ondas de náusea. O guardião estava sério agora, o rosto aquilino lúgubre e envolto em sombras.

– Sinto muito – murmurou Raffi. A desculpa soou fraca e tola. – Eu apenas... não achei que nada fosse acontecer comigo.

– Você não parou para pensar. – Galen parecia cansado e abatido; o jejum o deixara ainda mais magro. Raffi sabia que o guardião tinha rezado e lutado com ele durante todo o sonho, tentando ajudá-lo a recuperar o controle. – Foi uma grande irresponsabilidade, garoto – observou, furioso. – Você podia ter arruinado tudo.

– Mas isso não aconteceu – interveio Tallis, de modo apaziguador. Estava sentada no chão, as costas apoiadas contra o banco. – Agora precisamos conversar sobre essas mensagens que os Criadores nos enviaram. O modo como as recebemos não faz diferença.

O Sekoi enfiou um dedo magro na caneca e mexeu com um ar pensativo.

– As mensagens são estranhas. E desanimadoras. – Ergueu os olhos. – A última parte parece ser a mais importante. Vocês concordam que ela parece nos dizer que o inter-rei é uma garotinha e que ela se encontra nas mãos dos Vigias? Numa das casas deles?

Galen concordou com um sombrio menear de cabeça.

– Está falando da garota que levantou o braço? – Raffi ficou gelado. – Ela é a neta do Imperador? Mas ela é uma inimiga!

Tallis fez que não.

– Pode ser que seja ela. Mas também pode ser que o número em seu pescoço seja mais importante. Novecentos e catorze. Não podemos esquecer esse número. Pelo menos, temos uma boa ideia de onde procurar. A Floresta de Keilder não fica longe daqui.

Galen parecia absorto em seu mau humor.

– Sabemos onde procurar. Mas é pior do que havíamos pensado. Talvez os Vigias saibam quem eles têm na mão. Se souberem, estamos acabados.

– Eles já a teriam matado – interveio o Sekoi.

– Talvez. Mas, mesmo que não façam ideia de quem ela seja, a essa altura a criança já aprendeu a nos odiar. Não será um resgate simples. Ela não vai querer vir com a gente. Teremos que sequestrá-la.

Lembrando-se do sorriso desdenhoso da menina, Raffi pensou que Galen estava mais certo do que poderia imaginar.

– De qualquer forma – falou em voz alta –, como faremos para entrar na casa?

O guardião sorriu de um jeito estranho.

– Você sabe como. Carys terá que nos ajudar.

Tallis ergueu os olhos.

– Quem é Carys?

O Sekoi fez uma careta.

– Longa história, Guardiã. Ela é uma espiã dos Vigias. Pode ser que seja nossa amiga, mas também pode ser que não.

– Ela é – rebateu Raffi, sentindo o sangue ferver. Soltou a caneca vazia no chão, irritado. – Ela me ajudou. Eu a vi.

– Os Criadores o ajudaram – contestou Galen. – Eles aparecem em formas que a sua mente consiga reconhecer. Mas, sem dúvida, Carys é nosso único meio de entrar numa Casa dos Vigias, portanto precisamos contar a ela.

O Sekoi não pareceu feliz com a ideia, mas não disse nada.

Tallis olhou fixamente para o fogo.

– E se ela os trair?

– Ela já teve essa chance antes. – Galen olhou de relance para a Guardiã, o rosto iluminado pelas chamas. – Acredito que os Criadores a queiram do nosso lado. Eles são mais fortes do que ela.

O silêncio que se seguiu foi quebrado apenas pelo suave pio de uma coruja lá fora. Galen tirou um dos colares de cristais verdes e pretos que usava e começou a enrolá-lo distraidamente na mão, algo que só fazia quando estava muito ansioso.

– Tem uma coisa na visão que me deixa ainda mais preocupado – falou por fim.

O Sekoi inclinou-se para a frente.

– A mim também.

Raffi estava morrendo de medo de falar sobre isso.

– A criatura no Poço.

– É. A criatura escrevendo no quarto escuro.

Eles recaíram novamente em silêncio. Mesmo ali, a simples menção aos Poços de Maar dava-lhes calafrios. Ninguém jamais conseguira voltar de um deles; quaisquer que fossem os horrores iniciados por Kest, eles continuavam lá, em suas oficinas e laboratórios, proliferando e transformando-se descontroladamente.

Tallis também parecia preocupada. Ela se levantou e fechou a porta e, ao retornar, era novamente uma anciã, as mãos frágeis. Sentou-se com cuidado numa das cadeiras de madeira. E, então, disse:

– Diga-nos o que o preocupa, guardião. Seus segredos estão seguros aqui.

Galen enrolou as contas nos dedos. Por fim, disse:

– Nunca contei isso a ninguém. Dez anos atrás, em seu leito de morte, meu mestre me revelou um grande segredo. Ele me contou que vários dos membros mais poderosos da Ordem suspeitavam de algo tão terrível que não haviam tido coragem de deixar registrado;

essa história nunca foi colocada no papel. Ela se baseia num dos antigos textos perdidos de Tamar e nos rumores, nas conversas profanas, nos devaneios balbuciados de alguns poucos que alegaram quase ter perdido a sanidade ao vê-lo numa de suas visões.

– Quem? – perguntou o Sekoi.

Galen desviou os olhos. Quando voltou a falar, sua voz soou rouca.

– Segundo os rumores, Kest não brincou apenas com animais. Pelo que dizem, seu último experimento foi com um homem.

Raffi o fitou com os olhos esbugalhados. A sensação de pavor do sonho voltou com força total; por um momento, viu a boca escancarada do Poço e a si mesmo caindo nele. Piscou para afastar a imagem, enquanto o Sekoi soltava um assobio.

A sala pareceu escurecer. Agora Raffi estava com medo, desejava que Galen jamais tivesse contado nada daquilo. Lutando para parar de tremer, aproximou-se um pouco mais do fogo.

– Nunca escutei nada disso. Será que Kest seria capaz de fazer algo tão monstruoso? – perguntou Tallis.

Galen não respondeu de imediato. Após um tempo, falou:

– Quem sabe? São apenas rumores, devaneios. Mas, se Kest ousou fazer isso, se ele tiver capturado um homem e o transformado em algo mais, algo grotesco, uma criatura capaz de viver várias vidas, com uma inteligência maligna maior do que a de qualquer animal, então estaríamos diante de um inimigo poderosíssimo.

– Vivendo na escuridão – murmurou o Sekoi. – Deixando que outros façam seu trabalho. – O pelo em volta do pescoço se arrepiou; ele parecia tenso e distante.

– Seu povo sabe algo sobre isso? – perguntou o guardião.

Ele piscou os olhos amarelos. Apoiou a caneca lentamente no chão, como se estivesse pensando no que ia dizer.

– Existe um nome – falou – citado na mais sombria de nossas histórias. Um ser. Não um homem, tampouco um Sekoi ou uma besta. Uma criatura do mal. Imortal e apavorante de se olhar. Nós o chamamos de Margrave.

O fogo crepitou e a madeira se partiu, provocando uma chuva de centelhas. A Guardiã deu um tapa no braço da cadeira.

– Se for possível, Raffi, poderia nos falar mais um pouco sobre o que você viu? Era um homem?

– Não sei. – Ele não conseguia, não queria ter que pensar nisso; a lembrança escapou, substituída por um medo petrificante. Percebendo o tremor de suas mãos, Tallis cobriu-as com a dela.

– Não precisa ter medo, não aqui.

Ele ergueu os olhos para ela.

– Eu acho... a princípio achei que fosse um homem. Mas o rosto era comprido demais... não consegui ver direito.

– Se tivesse, não conseguiria falar sobre isso. – Ela se virou para Galen. – Você acha que ele viu essa criatura?

– Acho que os Criadores estão tentando nos alertar – respondeu com uma voz fraca. – Sempre tivemos dúvidas em relação aos Vigias, ao modo como eles se proliferaram tão rápido, como conseguiram nos derrotar. Além disso, ninguém nunca soube de onde eles surgiram. Se essa criatura for a mente por trás deles, então ainda estamos lidando com o legado de Kest...

Ninguém falou nada. Galen esfregou o rosto, cansado. Foi o Sekoi quem se mexeu primeiro, ajoelhando-se subitamente para alimentar o fogo com novos pedaços de lenha. A madeira seca estalou alegremente.

– Não temos que nos preocupar com isso agora – falou com firmeza. – Precisamos encontrar a garota. Suponho que você esteja certo sobre Carys, guardião, embora saiba que eu tenho minhas dúvidas. Como iremos entrar em contato com ela? Quer que eu vá buscá-la?

Galen lançou um olhar por cima do ombro. Seus olhos estavam escuros e penetrantes.

– Muito obrigado, mas não é necessário. Pode deixar comigo. O Corvo irá avisá-la. – Tallis o observava com atenção. Ele sorriu e imediatamente a tensão entre eles desapareceu; Raffi quase conseguiu sentir o calor invadir a sala novamente. Mas, então, o guardião disse: – Partiremos amanhã.

O Sekoi olhou para Raffi com uma expressão de dúvida.

– Você acha que ele vai estar pronto?

– Ele terá que estar. – Virou-se para Tallis. – Foi muito bom passar esses dias aqui. Ainda que tenhamos que partir, fico feliz em saber que esse lugar sobreviveu.

A Guardiã sorriu.

– Para aqueles que acreditam, guardião, ele sempre estará aqui.

NA MANHÃ SEGUINTE, observando as terras alagadas que se estendiam à frente, Raffi olhou por cima do ombro para a casa e entendeu o que Tallis havia dito. Tinha a sensação de que o poço de Artelan lhe dera algo que não possuía antes, tão profundo que ele mal conseguia senti-lo. Mas estava ali, uma pequena pedra preciosa em seu âmago. Tocou-a com o poder da mente. Não adiantava desejar que eles pudessem ficar; o simples pensamento já doía demais.

Diante deles, a ponte de galhos desaparecia em meio à nevoa; para além dela, as Terras Inacabadas fumegavam e sibilavam. Tallis deu um beijo em cada um e se afastou, os braços pendendo ao lado do corpo.

– Que Flain esteja com vocês. Que Tamar proteja sua retaguarda e Soren amenize seu caminho. E, quando a encontrarem, tragam a criança para nós. Pois qualquer coisa que os Vigias façam, nós podemos desfazer.

Galen assentiu, desolado. E, então, conduziu-os em direção à neblina.

ESPERANDO A VEZ

18

Vi meu irmão sofrer de remorso por cem anos.
Ele havia brincado com o mal
e lutava para se livrar dele.
Vi o gélido desespero em seu coração.

Apocalipse de Tamar

CARYS PAROU ENTRE dois troncos de carvalho, apreensiva. Folhas se acumulavam nas profundas depressões do solo; estava mergulhada até os joelhos nos detritos da floresta. Acima de sua cabeça, os galhos retorcidos balançavam à mais leve brisa, provocando uma nova chuva de folhas amareladas. Ficou aguardando sob o suave farfalhar.

A floresta estava silenciosa, as trilhas desapareciam atrás dos troncos e galhos.

Mas ela sabia que eles estavam ali.

Sem muito cuidado, recostou-se contra o tronco de um dos carvalhos e se agachou entre duas de suas gigantescas raízes. A balestra estava carregada. Podia se dar ao luxo de esperar.

Tivera o sonho duas noites antes, quando já estava ficando sem desculpas para oferecer a Braylwin. Um enorme pássaro negro empoleirara-se ao pé da cama que havia pegado emprestada com uma das meninas da vila para passar a noite. A voz da ave era a voz de Galen.

– Floresta de Keilder – dissera o pássaro. – Próximo à Casa dos Vigias. – Em seguida, saíra voando pela janela como se realmente tivesse estado lá.

Carys se virou ao escutar um galho estalar. Um dingo a analisou com seus olhos frios e, em seguida, desapareceu em meio às samambaias. Enquanto o observava se afastar, viu de relance um rosto pontudo fitando-a por entre os galhos e desviou os olhos para esconder o sorriso. Era o Sekoi.

Galen apareceu primeiro, abrindo caminho entre as samambaias, com Raffi seguindo-o como uma sombra. Os dois se agacharam.

– Vocês demoraram – observou com frieza.

– Precisávamos ter certeza de que você estava sozinha.

– Os Vigias nunca estão sozinhos.

– Nem os membros da Ordem. – A expressão de Galen era penetrante, como que imbuída de poder.

Ela sorriu para Raffi por cima do ombro do guardião.

– Você parece mais velho.

Para sua surpresa, o comentário pareceu deixá-lo espantado, até mesmo assustado.

– Pareço, é? – soltou ele.

– Bem, não se preocupe. Nem tanto assim.

O Sekoi aproximou-se lentamente e acocorou-se em meio às folhas.

– Reunidos mais uma vez. Que fofo!

Carys fez uma careta.

– Encontramos o inter-rei – apressou-se Galen em dizer. – Pelo menos sabemos onde ela está.

– Ela?

– Acreditamos que sim.

– Aqui na floresta?

Ele lhe lançou um olhar duro e inclinou a cabeça em direção ao ponto onde o cume distante do telhado da Casa dos Vigias despontava entre as árvores.

– Lá.

Carys olhou, atônita.

– Numa das Casas dos Vigias!

– Acreditamos que sim – repetiu ele.

Ela soltou um assobio e fez que não, tirando uma folha do cabelo de forma distraída.

– Não é de admirar que precisem de mim! Como vocês sabem que ela está lá?

– Os Criadores nos disseram. – O guardião a fitava fixamente; Carys sabia que ele suspeitava dela, que estava desconfiado de alguma coisa. Soltou uma súbita e inesperada risada.

– Nunca sei o que você quer dizer quando fala desse jeito, Galen. Bom, se ela está lá, vocês estão com sérios problemas. Ela provavelmente vai preferir cortar a garganta de vocês a deixá-los tirarem-na de lá.

Ele sentiu a alfinetada. Sua expressão tornou-se mais sombria, e Carys percebeu imediatamente o quanto ele odiava aquilo, o fato de que a herdeira do Imperador pudesse ter sido aliciada, corrompida por seus inimigos. Ela também odiava essa situação. Com tanta força, que o sentimento a surpreendeu.

Prendeu uma mecha de cabelo atrás da orelha.

– Então, qual é o plano?

– Achei melhor deixar isso por sua conta. Você conhece bem esses lugares.

E conhecia mesmo. As salas de aula escuras e desprovidas de decoração, os pátios cobertos de gelo, os dormitórios espartanos, os castigos, os choramingos às escondidas daqueles que acabavam desaparecendo para nunca mais serem vistos. Os guardas, as senhas. Nenhum lugar onde se esconder. Nem escapatória. E o que aqueles lugares faziam com as pessoas.

Ergueu os olhos subitamente.

– Escute, Galen, saia daqui. Agora! Rápido!

O Sekoi sibilou, os olhos amarelos estreitados.

– O que você quer dizer com isso?

– O que ela quer dizer – respondeu Galen, calmamente – é que estamos cercados pelos Vigias.

A criatura levantou-se num pulo, rosnando. Galen não desviou os olhos de Carys.

– Posso explicar – disse ela.

– Estou certo que sim.

– Se você sabia, por que veio?

– Porque eu queria descobrir o motivo.

Um tilintar de arreios ressoou na floresta. Raffi levantou, sentindo as linhas de proteção se partirem, rezando para que Galen soubesse o que estava fazendo.

Dez homens a cavalo surgiram diante deles, com suas balestras firmemente apontadas. Os cavalos eram pintados de vermelho; os homens usavam o capacete preto dos patrulheiros Vigias, os olhos brilhando através das fendas. Ao final da fila destacava-se uma figura extraordinária, um homem gordo numa comprida capa encerada, o rosto rechonchudo coroado por cabelos pretos, cacheados e gordurosos. Ele sorriu e a mão de dedos inchados soltou as rédeas.

– Você precisa me apresentar seus amigos, docinho.

– Vá se ferrar – respondeu Carys, o rosto vermelho e zangado.

Galen levantou devagar e se virou. Parou com as pernas abertas, encarando-o calmamente através da clareira.

– Eu sou Galen Harn, Mestre das Relíquias da Ordem dos Guardiões.

Braylwin soltou uma risadinha presunçosa.

– Não diga! E eu sou Arno Braylwin, capitão dos Vigias, chefe dos espiões, primeiro da classe, captor de ladrões, inquiridor de bruxos.

Raffi sentiu-se gelar. Não conseguia desviar os olhos da balestra mais próxima. Bastava um simples movimento, pensou, suando com o esforço de se manter imóvel.

Braylwin meneou a cabeça com altivez.

Um de seus homens desmontou do cavalo, pegou um pequeno bloco de madeira com alguns degraus pintados numa cor berrante e o colocou ao lado do animal do capitão. Braylwin apoiou uma das mãos no ombro do subordinado e desmontou de forma um tanto atabalhoada. Em seguida, usou a parte de trás da capa para limpar as folhas que cobriam um tronco e se sentou.

O Sekoi rosnou para Carys.

– Você nos traiu – falou por entre os dentes. – Eu sempre soube que isso aconteceria.

– Não tive escolha! – Aquilo foi a gota d'água. Numa súbita explosão de fúria, ela se levantou num pulo e empurrou Raffi para o lado com tanta raiva que ele perdeu o equilíbrio e caiu sobre uma grossa camada de folhas. Todas as balestras imediatamente se viraram para ele. O aprendiz continuou deitado, imóvel. – Braylwin sabe coisas a meu respeito! Achei que poderia ser útil contar a ele sobre vocês, e que seria uma forma de falar para vocês sobre o inter-rei! Pelo amor de Flain, Galen, nunca achei que vocês fossem realmente encontrá-la!

O Sekoi cuspiu.

– Jogando nos dois times, como sempre.

Galen continuou escutando em silêncio.

Carys aproximou-se de Braylwin e o encarou, a mão trêmula de ódio.

– Mas esse verme é inteligente. Ele é como uma sombra. Por mais que eu tentasse, não conseguia despistá-lo.

Ela virou a cabeça, sem saber ao certo a quem dirigir sua raiva.

– Sinto muito, Galen. Peço desculpas a todos vocês.

– Impressionante. – Braylwin fitou-a com admiração. – Você vai longe. Quase conseguiu me convencer.

Carys lançou um rápido e obstinado olhar na direção de Raffi. Ele desviou os olhos. O que ela estava fazendo? O que pretendia com aquilo?

Galen mudou de posição, ignorando a ameaça das armas. Olhou com frieza para o capitão dos Vigias.

– Não vou lhe dar nenhuma informação, não importa o que você faça.

Braylwin deu de ombros.

– Não faz diferença. O garoto irá falar. – Abriu um largo sorriso. – Acredite em mim, eu sei. Já vi meninos como ele gritarem, implorarem para me dizer qualquer coisa, até mesmo para morrer. Posso ver o quanto ele já está apavorado.

O amargo silêncio que se seguiu foi quebrado apenas pelo farfalhar das folhas. Braylwin coçou o rosto com a unha do polegar.

– Quer dizer que o inter-rei existe e está nas mãos dos Vigias! Ao que parece, seus sonhos caíram por terra, guardião. Mas preciso reconhecer que isso também representa um pequeno problema para mim. Afinal de contas, não quero ter que explicar ao Mestre Vigia da casa o motivo de querer a garota. A recompensa por ela será considerável, e não pretendo dividi-la. – Lançou um olhar de relance para seus homens. – Exceto com minha leal equipe, é claro.

Carys o encarou. Sua expressão era tão fria e indecifrável que Raffi sentiu o sangue gelar subitamente – as linhas de proteção se enroscaram nas costas de suas mãos, fazendo os pelos eriçarem. Ela ergueu a balestra num gesto lento e a apontou diretamente para a cabeça de Braylwin.

Ele sorriu, suando ligeiramente.

– Não ama mais seu tio, Carys? Pois deveria, você sabe. Dispare essa arma e você e seus amiguinhos aqui morrerão sob uma saraivada de flechas, o que seria uma pena, não? Uma carreira tão promissora!

Carys não baixou a arma um milímetro. Confusos, alguns dos cavaleiros apontaram para ela, ainda que com relutância.

– Ele está certo. – A voz de Galen soou rouca e firme. O guardião observava com um meio-sorriso estampado no rosto aquilino, os olhos escuros e penetrantes. – Não vale a pena, Carys.

Ela se virou, apontando agora para ele.

– Talvez eu devesse matar você então. Lucrativo para mim e melhor para você. Pelo menos, melhor do que a tortura. Sei muito bem o que o espera.

Raffi assistia, a boca seca. Ninguém estava prestando atenção nele, mas mesmo assim não ousou fugir.

– Acho que você devia se lembrar do seu próprio primeiro mandamento – falou o guardião calmamente. – Não é algo sobre os Vigias serem sempre vigiados?

Ele começou a andar lentamente na direção dela, enquanto o Sekoi se remexia, apavorado. O guardião parou diante de Carys, pousou uma das mãos sobre a arma e a abaixou com delicadeza. Faíscas arroxeadas espocaram da ponta de seus dedos; Carys observou com os olhos esbugalhados.

A flecha foi disparada e cravou-se nas folhas secas.

No mesmo instante, uma saraivada de flechas vinda de lugar nenhum atravessou a clareira e caiu sobre os Vigias, fazendo os cavalos se agitarem e relincharem, em pânico. Uma delas cravou-se numa árvore, pouco acima da cabeça de Raffi; o aprendiz rolou, lutando e se contorcendo para se esconder sob a grossa camada de folhas.

Quando, por fim, ergueu a cabeça e olhou por cima do ombro, viu que Galen e o Sekoi não haviam se mexido. Braylwin também não. Contudo, cinco de seus soldados estavam no chão, imóveis, enquanto o resto lutava para se soltar dos arreios de seus respectivos cavalos.

A risada zombeteira do bando de ladrões que surgiu do meio das árvores ecoou ao redor deles; um grupo extravagante de homens sujos, envoltos em ouro, vestidos e pintados com cores berrantes, e montados em cavalos cujas crinas eram decoradas com laços de fita coloridos.

Galen olhou para Braylwin.

– Você pode ser cruel, meu caro. Mas eis aqui alguém que poderia lhe dar algumas lições nesse quesito. Eu também tenho uma sombra problemática.

Braylwin se levantou e fitou o diminuto homem vestido num conjunto azul axadrezado que pulava de seu cavalo.

– Talvez já tenha ouvido falar dele – acrescentou o guardião de modo seco. – Seu nome é Alberic.

O anão riu, profundamente satisfeito.

– Isso é um banquete, Galen Harn, um banquete! Não só você e aquele contador de histórias, como também um capitão dos Vigias! Um maduro, gordo e rico capitão! – Abraçou o próprio corpo, deliciado, e ensaiou alguns passinhos alegres em meio às folhas. – Aproximem-se, meus meninos e meninas. Recolham essas armas e amarrem nossos prisioneiros.

Chocado, Braylwin lançou-lhe um olhar de puro ódio.

– Você não pode fazer isso. Não ousaria...

– Calado, seu monte de carne! – A alegria de Alberic esmoreceu subitamente. Correu seus olhinhos astutos pela clareira. – Espere! – Virando-se para Galen, rugiu a pergunta pela qual o guardião já esperava. – Onde está seu aprendiz? E onde está a garota?

19

Os estúpidos devem ser descartados. Aqueles
com um intelecto medíocre são muito úteis.
Tomem cuidado com os espertos demais.
Eles poderão ter aprendido a nos odiar.

Mandamento dos Vigias

DE PERTO, A Casa dos Vigias era imensa, uma feiosa construção de tijolos pretos, baixa e larga, perdida no meio da floresta. E rodeada por mecanismos de defesa: uma cerca de estacas afiadas de madeira, um fosso e uma ponte levadiça, que agora se encontrava abaixada para permitir o ir e vir das crianças.

Escondido sob um arbusto espinhoso, Raffi as observava formando filas, muitas cambaleando sob o peso da lenha e dos gravetos; até mesmo as menores estavam com os braços totalmente carregados. Viu três guardas; dois deles rindo e brincando um com o outro, e o terceiro chamando alguém que estava numa das janelas. Nenhum deles vigiava as árvores.

Carys o cutucou com força e partiu.

Raffi ergueu o feixe de galhos na frente do rosto e a seguiu, o coração martelando como um pica-pau. As linhas de proteção repuxavam-lhe as pálpebras; sabia que os caçadores de Alberic estavam apenas alguns metros atrás.

Ainda assim, não conseguia acreditar no que estava fazendo.

– Entre na fila! – Alguém o empurrou; manteve a cabeça abaixada, rezando desanimadamente. Outras crianças pararam atrás dele. Em pouco tempo, eles começaram a andar.

Os galhos eram pesados, mas o mantinham escondido. O garoto ao seu lado nem sequer olhou para ele. Não havia nenhum falatório, nem empurra-empurra. Em meio ao silêncio, podia escutar as folhas caindo e o assobio de uma gaita ecoando a distância na mata. De repente, sentiu as tábuas de madeira sob os pés e os ecos ocos produzidos pelas botas das crianças. Eles estavam atravessando a ponte levadiça.

Erguendo os olhos, viu o portal arqueado da entrada com uma lanterna pendurada bem no meio, como uma enorme boca escancarada com um único dente. Era o fim. Não sabia as senhas, nem nenhum mandamento. Carys conseguiria entrar, mas ele estava fadado a ser descoberto, arrastado para fora e espancado. Fechou os olhos.

Sentiu um esbarrão. Era ela.

– Não se afaste.

O portal os engoliu. Ao passar por baixo dele, Raffi sentiu-se subitamente pequeno, como se sua personalidade tivesse encolhido, sido esmagada. Começou a murmurar a Litania com uma coragem nascida do desespero.

O cheiro do lugar era esmagador. Velhas salas emboloradas, gordura rançosa, um fedor nauseante de medo, como se as janelas nunca fossem abertas. Isso para não falar do frio tenebroso.

Enquanto a fila andava, olhou de relance para Carys; para sua surpresa, viu uma expressão de ódio no rosto dela. Ela se aproximou, mas, antes que pudesse dizer qualquer coisa, a fila parou.

As crianças à frente recitavam seus números para uma mulher com cara de tédio sentada num banco; então, uma a uma, elas desapareciam por uma porta. Nervoso, Raffi esperou sua vez.

– Próximo – falou a mulher, sem erguer os olhos.

Já decidira o que ia dizer.

– N-novecentos e catorze – gaguejou, e passou o mais rápido que pôde para o caso de ela levantar os olhos do papel e olhar para ele. Em segundos, Carys se juntou a ele; nenhum grito se seguiu. Pelo visto, havia funcionado. Aliviado, exalou um agradecimento a Flain por entre os dentes.

Pegaram-se descendo uma escada escura; ao pé dela, ficava um porão fedorento onde as crianças empilhavam a madeira. O profundo silêncio assustou Raffi. Ninguém ria ou brincava, ou sequer sorria. Reparou em como todos observavam uns aos outros de forma dissimulada, como se ninguém fosse amigo de ninguém, ou digno de confiança.

Carys deu-lhe um discreto puxão na manga. Eles viraram uma esquina e passaram por uma porta diferente. Raffi a seguia, tentando parecer calmo. Ela parecia saber para onde estava indo. Eles atravessaram um labirinto de criptas e porões, subiram algumas escadas e entraram num corredor cheio de goteiras. Carys abriu a primeira porta à esquerda e deu uma espiada; em seguida puxou a cabeça de volta e acenou.

Os dois entraram rapidamente e fecharam a porta.

Era uma espécie de despensa. Alguns barris encontravam-se empilhados ao longo de uma parede rachada. A lareira se resumia a um apanhado de cinzas espalhadas pelo vento.

Raffi soltou o ar lentamente. Em seguida, disse:

– Não acredito que conseguimos entrar.

Ela andou até os barris, ajoelhou-se no topo da pilha e limpou a poeira que cobria o vidro de uma pequena janela.

– Fale baixo.

– Você acha que alguém pode entrar?

– Pouco provável.

Raffi olhou para as costas dela.

– Como você sabia sobre este lugar? Como sabia o caminho?

Uma gélida desconfiança percorreu seu interior como uma lombriga, mas ela se virou e o fitou com desdém.

– Não seja bobo, Raffi. Esses lugares são todos iguais... Se você conhece um, conhece todos. Os Vigias se orgulham disso. Sempre a mesma coisa, onde quer que você vá. Uma grande família.

Carys se virou de volta para a janela, mas ele continuou observando-a. Perguntou baixinho:

– Quer dizer que você conhecia este cômodo, só que em outro lugar?

Por um momento, achou que ela não fosse responder. Mas, então, Carys falou:

– Era onde eu passava grande parte do meu tempo na Casa das Montanhas de Marn. Eu tinha tudo planejado. Era fácil alterar a rotina... Todo mundo achava que eu estava em alguma outra aula. Eu guardava comida e livros aqui, tudo o que era proibido. Fiz isso por anos, até que eles descobriram.

– O que eles fizeram com você?

– Me promoveram, é claro. – Ela se virou e sorriu. – Entre os Vigias, quanto mais dissimulado você for, melhor. Você parece chocado.

– Eu só... – Balançou a cabeça como que descartando a ideia. – Sempre achei que você gostasse desses lugares.

– Gostar?! – Ela cuspiu sobre as cinzas, revoltada. – Esses lugares são um inferno, Raffi! Você não faz ideia. Venha cá.

Ele subiu nos barris e se ajeitou ao lado dela. Carys limpou um pouco mais o vidro e ele viu um pátio sombrio, cercado por um muro alto e coroado por pontas afiadas. As crianças se reuniam em grupos. Algumas sentadas, outras correndo de um lado para o outro para se esquentar; mesmo assim, não havia quase nenhum barulho, exceto num dos cantos, onde um grupo assistia em silêncio a três garotos batendo em outro, bem menor, dando-lhe socos no rosto e no estômago enquanto ele chorava. Raffi olhava fixamente, horrorizado.

– Por que ninguém faz nada para impedi-los?

Carys sorriu com tristeza.

– Provavelmente é algum castigo. Veja.

Dois Vigias estavam parados um pouco atrás, os braços cruzados, rindo. Um deles gritava palavras de encorajamento.

Raffi se afastou da janela. Estava lívido de raiva.

– Não me admira que Galen odeie os Vigias. Como eles podem obrigar as crianças a castigar umas às outras?

– Eles não obrigam. Elas se oferecem espontaneamente. – Carys desceu dos barris e se sentou ao lado dele.

– Se oferecem?!

– Você ganha mais comida. E pontos no boletim. Quanto mais, melhor para você. Aposto que Braylwin conseguiu um monte de pontos assim.

– E quanto a você? – Ele a olhou de cara feia. – Você se "oferecia"?

– Às vezes – respondeu baixinho, desviando os olhos dele. – Eles ensinam a gente a usar as pessoas, Raffi. Só percebi isso depois. Ensinam a caçar, mentir e preparar armadilhas, e nunca se importar com ninguém. E você precisa sobreviver, precisa passar por isso de algum jeito. Já parou para pensar no que acontece com aqueles que se recusam?

Atordoado, ele fez que não.

– Bem, eles desaparecem. Dizem que são jogados nos Poços. Os Vigias não toleram fracasso.

Em meio ao silêncio que se seguiu, um sino repicou ao longe. O burburinho lá fora cessou. De repente, Raffi perguntou:

– Onde devemos procurar por ela?

– Não devemos, ainda não. Após o quinto repicar do sino, todos se reúnem no pátio para a chamada. Aí você vai ter a chance de ver se ela está aqui. Você não me contou como descobriu quem ela é.

Ele deu de ombros.

– Não tem importância. E depois?

– Dependendo do lugar dela na fila, vou saber onde ela dorme. Mas escute. Se eu for pega, você não me conhece. Entendeu? Passa direto. Um de nós precisa tirá-la daqui.

– Não posso fazer isso – murmurou.

– Pode, sim. E é melhor que faça. Porque, se você for pego, é o que eu vou fazer.

Ele não sabia se devia acreditar nela ou não.

Eles permaneceram escondidos na despensa a tarde inteira, exceto pelo fato de que, de hora em hora, Carys o levava para um passeio pelo labirinto de corredores. Os dois andavam rápido, sem olhar para ninguém, e só voltavam depois que a patrulha de fiscalização tinha passado pelo aposento e verificado o lugar.

– A faxina, é como a gente chama. Dois homens verificam cada aposento da casa constantemente. Em Marn, isso levava cerca de uma hora. Você precisa marcar bem o tempo.

Raffi sentou-se no chão, perplexo. Aquele lugar o incomodava. Não ousou conjurar linhas de proteção; elas tocavam coisas que o deixavam enjoado. Barulhos estranhos e gritos ecoavam pelo prédio; tinha vislumbres de salas de aula desoladoras, semelhantes às do sonho. Sentia-se encurralado, totalmente alienado.

– E se a encontrarmos? – perguntou. – Como faremos para tirá-la daqui? E como iremos ajudar Galen?

Carys passou a língua nos lábios sedentos.

– Galen sabe se cuidar. Mas você está certo quanto a uma coisa. Entrar foi fácil. Não faço ideia de como iremos sair daqui.

Eles não perceberam o cair da noite. No entanto, após um tempo, o aposento ficou tão escuro que não conseguiam mais enxergar um ao outro com clareza. Apenas uma ligeira pontinha de Agramon brilhava em algum lugar bem acima dos telhados.

O sino repicou mais uma vez. Raffi já estava cansado daquilo, mas Carys se empertigou.

– A chamada. – Com um pulo, subiu nos barris. – Certo. Prepare-se.

O pátio estava escuro agora, iluminado por tochas; chamas vermelhas brilhantes que estalavam e tremelicavam sob o vento gelado, fazendo as sombras ondularem. As crianças, silenciosas e taciturnas, foram organizadas em filas idênticas e rigidamente espaçadas, com os pés separados, os braços atrás das costas e os olhos voltados para o chão. Suas roupas eram finas; a maioria tremia de frio. Raffi correu os olhos ansiosamente pelas filas. Viu meninos esquálidos, meninas altas e magricelas, um garotinho bem pequeno que soluçava sem parar, ignorado por todos.

– E então?

– Não consigo... achei! É ela! A terceira de trás para a frente, na última fileira! É ela!

Carys empurrou-o para o lado e olhou pelo vidro. Viu uma pequena garota de uns 7 anos de idade com cara de teimosa, cabelos bem curtos e o rosto sardento, já bem magra.

– Tem certeza?

– Tenho. Eu nunca esqueceria aquele rosto.

Ela olhou por um longo tempo, então se virou e se recostou contra a parede com ar pensativo. Raffi achou seu silêncio estranho. Podia sentir certa tristeza emanando dela.

– Certo. – Carys ergueu a cabeça com firmeza. – Precisamos bolar um plano. Temos que pegá-la quando ela estiver sozinha. Criar manobras de diversão. Alguma coisa para lidar com uma possível perseguição. – Deu uma risadinha matreira. – Exatamente como eles nos ensinam.

Ele a fitou boquiaberto.

Ela riu.

– Não se preocupe, Raffi. Sempre fui uma das melhores da classe. Já sei! Aquele negócio que você fez em Tasceron, a explosão barulhenta de luzes que você provoca com seu olho interior, consegue fazer isso aqui?

Ele deu de ombros, desconfortável. Estava com frio e com fome, e odiava aquele lugar; o próprio ar era carregado de tristeza.

– Não existe inspiração aqui.

– Inspiração?

– Energia, poder. Vida.

Ele estremeceu, fazendo com que ela sentisse uma forte ansiedade.

– Mas você vai tentar, certo?

– Claro. Só que, Carys, vai ser preciso um exército para nos tirar daqui.

Zangada, ela fez que não.

– Um passo de cada vez. – Desafivelou a balestra que trazia pendurada no ombro, carregou-a e, em seguida, pegou um pequeno saco no bolso interno do casaco. Abriu-o e retirou uma corda fina, velas, uma binga, algumas caixinhas pequenas e algo embrulhado em tecido escuro.

Raffi tocou o embrulho e Carys viu os olhos dele se esbugalharem.

– Isso é uma relíquia!

– É. – Guardou-o de novo. – Consegui isso na Torre da Música. É um presente para Galen. Agora vamos, Raffi. Temos uma hora até a próxima ronda da patrulha e precisamos estar prontos.

Exatamente uma hora e meia depois, Carys atravessou cautelosamente o dormitório vinte e sete, olhando de relance para os números sobre as camas e os corpos enroscados sob os cobertores cinzentos. A cama que procurava era a antepenúltima, próxima ao lugar onde a lamparina que eles acendiam à noite derramava sua luz bruxuleante. Debruçou-se sobre a menina e inspirou fundo. Então, com movimentos rápidos, virou a garota, tapou sua boca com a mão e murmurou por entre os dentes:

– Não grite. Não fale. Apenas escute.

Um par de olhos castanhos esbugalhados a encarou.

– Meu nome é Carys Arrin. Sou uma espiã, nível prata. – Balançou o distintivo na frente do rosto da garota. – Você foi selecionada para uma missão especial. Ela é altamente confidencial; nenhuma das outras crianças pode saber. Entendeu?

A menina fez que sim. Seu corpinho estava tenso.

– Você precisa vir comigo agora. Vista-se, rápido.

Tirou a mão de cima da boca da garota e deu um passo para trás. Esse era o teste; se ela gritasse... Cruzou os braços e desviou os olhos, como se estivesse impaciente. A menina se vestiu em silêncio, rapidamente. Estava acostumada a obedecer ordens, como eles haviam esperado, mas, ainda assim, arriscou um ou dois furtivos olhares de curiosidade para Carys.

– Rápido! – rosnou a espiã.

– Estou indo! – retrucou a garotinha com insolência. Calçou os sapatos e aproximou-se novamente da cama. Meteu a mão debaixo do colchão de palha, puxou alguma coisa e se virou, mas Carys viu.

– O que é isso?

– Nada.

– Mentirosa. – Carys a agarrou e arrancou o objeto da mão da menina; ela a fitou, furiosa.

– Isso é meu! Não vou deixar aqui! – sibilou, um pouco alto demais, mas Carys mal percebeu. Em sua mão estava um pequeno bichinho de pelúcia, um filhote de felino noturno, tão velho que quase não tinha mais pelo, além de faltar uma orelha.

A menina o pegou de volta e o guardou dentro do vestido.

– Não vou a lugar nenhum sem ele.

Carys ficou admirada. Não eram permitidos brinquedos nas Casas dos Vigias – o fato de ela ter conseguido guardá-lo por tanto tempo mostrava o quanto era esperta. Extremamente esperta.

– Tudo bem. Venha comigo.

Virou-se e saiu marchando do dormitório, a menininha trotando ao seu lado. Seus passos soavam altos em meio ao silêncio; Carys sentiu um suor frio gelar-lhe a espinha. Mas ninguém acordou.

Subiu apressada as escadas até alcançar o mesmo andar mal-iluminado de antes. Tochas ardiam ao longo dos corredores. Escutou o som das patrulhas lá embaixo, abrindo e fechando portas.

– Para onde estamos indo? – A garota exigiu saber.

– Espere e verá. – Parou. – Raffi?

Ele surgiu atrás delas e a menina o fitou com seus olhinhos castanhos solenes.

– Quem é ele?

– Ele trabalha comigo.

– Eu já vi esse garoto antes. Num sonho.

Estupefata, Carys se virou para ele.

– O quê?

Raffi mordeu o lábio.

– Está... está tudo bem – gaguejou.

– Não está, não. Você é mau, pertence à Ordem.

– Não... escute.

Mas a voz da garota ficou mais alta.

– Eu não acredito em você. Para onde vocês estão me levando?

Carys se agachou e tapou a boca da menina com a mão.

– Fique quieta. Já falei, é segredo!

Os olhos da criança faiscaram; ela se contorceu, furiosa. Em seguida, mordeu os dedos de Carys com toda a força. Ofegante, Carys puxou a mão.

A pequenina fitou Raffi com um olhar gélido.

Então, abriu a boca e gritou.

20

Para abrir e fechar,
construir e destruir,
prosseguir e voltar,
abençoar e amaldiçoar...

Litania dos Criadores

– ELES FIZERAM O quê?!

– Entraram na Casa dos Vigias. – Alberic estendeu as diminutas mãos sobre o fogo, fitando o semblante preocupado do guardião com seus olhinhos astutos. – É bom saber que eu inspiro todo esse medo. Sente-se, Mestre das Relíquias, antes que você caia duro aí.

Atordoado, Galen agachou-se.

– Tem certeza?

– O grupo de Sikka os rastreou. Eles os viram entrar... Pelo que me contaram, os dois foram muito espertos. – Fez um gesto com o dedo; um de seus homens aproximou-se com uma mesa e a apoiou sem muita estabilidade sobre o chão da caverna. Uma taça de cristal foi posta sobre ela. Amarrado num canto úmido, Braylwin observou cheio de inveja Godric a encher cuidadosamente com um caro licor de tom dourado. Tinha reclamado tanto que eles o haviam amordaçado.

Galen olhava fixamente para as chamas. Alberic tomou um delicado gole, limpou a boca com a mão e se inclinou para a frente.

– Quero saber por que eles fizeram isso. O que tem lá de tão importante? Se seu garoto for capturado, ele vai ser esfolado vivo.

Segui você até aqui imaginando o tempo inteiro qual seria o motivo de sua viagem.

Galen mudou de posição e esfregou o queixo, cansado. Seus olhos estavam sombrios, os cabelos compridos brilhavam como as asas de um corvo. Fitou o anão com uma expressão tensa.

– Lembra o que eu disse a você certa vez?

Alberic abriu as mãos, intrigado.

– Quando?

– No nosso último encontro. No pântano. Eu disse que nada do que você possui tem valor algum, apesar de toda a sua riqueza.

O anão deu uma risadinha e tomou outro gole.

– Ah, aquela velha história.

– Você não tem fé. Nada que acenda sua alma. Você está cansado de roubar, rei dos ladrões. Posso sentir.

– É verdade. – Contraiu os lábios. – Está tentando me converter, guardião?

– Estou tentando salvá-lo. Ou, pelo menos, permitir que você salve a si mesmo.

O anão olhou para Godric e deu uma piscadinha.

– Ele está apelando para o lado bom da minha natureza.

– Você não tem nenhum, chefe.

– Tem, sim – replicou Galen.

Alberic se virou.

– Bom saber que alguém se preocupa tanto com nossas almas, não é mesmo, crianças? Nem mesmo Flain demonstraria tamanha preocupação.

Risadas ecoaram pela caverna. Galen as ignorou e manteve o olhar fixo no anão.

– Apesar do riso, sei que está me escutando, pequenino.

– E o que você acha que devo fazer, hein? – zombou Alberic. – Decorar o Livro das Sete Luas? Viver a pão e água? Dar todo o meu dinheiro aos pobres?

Uma forte explosão de gargalhadas reverberou à sua volta. Ignorando-as mais uma vez, Galen respondeu baixinho:

– Nada disso. Quero que você ataque a Casa dos Vigias.

O Sekoi soltou um assobio. Alberic parou de beber e encarou o guardião, profundamente atônito. O silêncio recaiu sobre a caverna.

Por fim, o anão encontrou forças para falar.

– O quê? – murmurou.

– Você me escutou. Raffi e Carys precisam sair de lá. Quero que lhes dê essa chance. E quero dar aos Vigias algo para pensar. Um ataque pequeno, seguido por uma retirada estratégica. Nenhum dos seus guardas precisa sair ferido.

Alberic inclinou-se para a frente e fitou Galen como se achasse que o guardião enlouquecera. Parecia surpreso demais para rir.

– E o que exatamente você me daria em troca desse ato tão imprudente?

Galen deu de ombros.

– A caixa azul.

– A caixa azul já é minha. – Apontou para a mochila jogada num dos cantos. – Assim como o cinto de moedas de ouro do gato mentiroso. Você tem mais alguma coisa que possa me interessar?

– Uma coisa.

Seus olhinhos cintilaram, ambiciosos.

– O quê?

– Sua alma.

Fez-se um profundo silêncio, quebrado apenas pelo crepitar do fogo. Alberic curvou-se, respirando com dificuldade. Quando endireitou o corpo, viram que ele estava rindo descontroladamente, a ponto de chorar. Todo o bando começou a rir também, as lágrimas escorrendo por seus rostos, gritando e cacarejando numa gargalhada histérica.

Até Braylwin soltou uma risadinha zombeteira. O Sekoi fechou os olhos amarelos e rosnou. Galen, porém, não se mexeu, nem mesmo uma leve contração do corpo; continuou observando o anão como se conseguisse enxergar dentro dele. Enquanto isso, Alberic ofegava, levando as mãos ao peito e chutando as pernas do banco incontrolavelmente.

Por fim, ele secou os olhos e lutou para falar.

– Ó, céus, você é demais, Galen – ofegou. – Fico quase tentado a poupar sua vida. A fazer de você meu guia espiritual particular.

Coçou a bochecha e, de repente, todo e qualquer traço de zombaria desapareceu daquele rosto ladino. Lançou um olhar duro para o guardião

– Diga-me o que há de tão importante na Casa dos Vigias – ordenou. – Fale. Se valer a pena, eu talvez pense no assunto.

Galen levantou-se devagar. Virou-se e olhou para Braylwin. O gordo capitão arregalou os olhos e sua boca amordaçada com um pano sujo se contorceu numa expressão de escárnio. Ambos sabiam que ele não ousaria contar a Alberic sobre o inter-rei, que a menina era valiosa demais. O guardião franziu o cenho, os olhos indecifráveis. Em seguida, virou-se para o Sekoi:

– Suponho que seja preciso contar a ele.

– Suponho que sim – concordou a criatura, com uma expressão de dúvida. Seu pelo estava eriçado de tensão; os olhos amarelos o fitaram fixamente. – Ele vai querer uma parte.

– Claro que vai. Mas será que conseguiremos o bastante?

O Sekoi deu de ombros, infeliz.

– Isso significa um prêmio menor para o Grande Tesouro.

Galen voltou os olhos para Alberic. Ele não se movera, mas estava mais alerta, as linhas de proteção cintilando à sua volta.

– Então – falou baixinho –, você está querendo dizer que essa Casa dos Vigias está abarrotada de ouro?

Nenhum dos dois respondeu. O burburinho em volta da caverna cessou; a maior parte do bando que não estava montando guarda nos arredores encontrava-se lá dentro, buscando se aquecer. De repente, todos estavam interessados.

O Sekoi levantou-se com relutância, mantendo a cabeça abaixada devido ao teto baixo da caverna.

– Acho que cabe a mim explicar.

– Ah, não! – Alberic brandiu uma das mãos. – Sem histórias! De novo, não. Godric!

O barbudo levantou-se num salto; ergueu sua balestra preguiçosamente e, com um sorriso, apontou para o Sekoi.

– Estou de olho em você, Gato Cinzento!

A criatura emitiu um som desdenhoso, como se estivesse cuspindo.

– Tudo bem. Pode falar. – Alberic recostou-se no banco. – Mas qualquer tentativa de magia e essa flecha irá disparar.

Incomodado, o Sekoi lançou um olhar de esguelha para Galen. Em seguida, abriu as mãos de sete dedos.

– Você não tem motivo para confiar em nós, rei dos ladrões, sei disso. Acho que o guardião está errado em lhe contar isto. Como podemos ter certeza de que você não irá nos matar e ficar com todo o ouro depois que souber nosso segredo?

O rosto astuto de Alberic se contorceu num sorriso. Brincou com a taça, fazendo o licor girar.

– Continue.

Galen se aproximou de Braylwin e recostou-se na parede ao lado dele, meio escondido pelas sombras. Os olhos do Sekoi o seguiram.

– O guardião me deixa numa situação perigosa.

– Nunca confie num homem imprudente – observou Alberic, tomando um gole.

– Estou começando a achar que você está certo. – Afagou a marca em zigue-zague com cuidado. – Bom, vou ser direto. Você já deve ter ouvido falar sobre o Grande Tesouro, é claro...

O anão agora escutava com atenção.

– Ninguém além dos Sekoi conhece seu propósito. Mas ele é enorme, e nós passamos a vida inteira acrescentando mais. Ano passado, uma tribo das redondezas decidiu enviar todo o seu ouro para... bem, para o lugar aonde costumamos enviá-lo. Dez carroças, carregadas até o topo. Eles tinham que passar por essa floresta. Geralmente, nós conseguimos evitar os Vigias, só que dessa vez houve um problema.

– Problema? – perguntou Alberic com docilidade.

– Eles sofreram uma emboscada. Todos foram mortos. Os Vigias roubaram o ouro e o levaram para casa. Havia também algumas relíquias, feitas de metais preciosos, e é isso o que o guardião quer.

– O garoto entrou na Casa dos Vigias por causa de algumas poucas relíquias?

Parecendo um tanto desconfortável, o Sekoi se inclinou e falou baixinho:

– Eles são fanáticos, meu senhor.

– Foi o que me disseram. – Alberic entrelaçou as mãos. – Isso tudo é muito interessante! Não é interessante, Godric?

– De arrepiar – respondeu o grandalhão, mantendo a arma firmemente apontada.

– Dez carroças de ouro! Isso faz com que qualquer risco valha a pena. Faz com que um ataque valha a pena. Só que esse ataque não deve ser tão pequeno, vocês não concordam? – Lançou um olhar ladino para Galen, que observava com uma expressão sombria. – Eu diria algo como uma pequena guerra, isso sim. Pessoas morrem em ataques desse tipo. Crianças. Eu nunca gostei de crianças.

Galen olhou para o Sekoi, que deu de ombros. Alberic soltou uma súbita gargalhada.

– Ah, não fique tão preocupado, guardião. Você não acha que eu acreditei nesse monte de asneiras, acha? – Recostou-se de novo, esticou as pernas e olhou para suas botas com ar crítico. – Nem por um segundo. Você parece ter perdido sua criatividade, criatura. Não é verdade, Godric?

O Sekoi ofereceu-lhe um sorriso azedo.

De repente, Galen aproximou-se com passos duros. Empurrou o Sekoi para o lado, parou na frente de Alberic e o fitou de cima a baixo, sério.

– Você vai atacar? – perguntou, com uma voz áspera.

– Não.

O guardião anuiu. Ignorando a balestra, tirou os colares e os arrumou sobre o chão de terra; sete voltas sobrepostas.

– O que está fazendo? – quis saber o anão, desconfiado.

Ele não respondeu. Em vez disso, parou do lado de fora dos círculos e ergueu as mãos. A caverna pareceu escurecer imediatamente. As conversas cessaram. O fogo diminuiu.

– Pare com isso! – rosnou Alberic. – Sente-se.

Galen começou a falar. As palavras soaram baixas, porém fortes; palavras dos Criadores, que ninguém ali conhecia. Em meio à escuridão que os cercava, linhas de proteção azuis surgiram subitamente, desenrolando-se, estalando. Seu rosto assumiu uma expressão perigosa, com vestígios de raiva.

Alberic se levantou.

– Matem-no – ordenou.

A arma na mão de Godric explodiu imediatamente em chamas. Ele a soltou com um grito.

Ninguém se mexeu.

Galen ergueu os olhos e apontou para o anão.

– Escute – falou numa voz trêmula, em meio ao sussurro da escuridão à sua volta. – Em nome dos Criadores, eu o amaldiçoo, rei dos ladrões. Eu o amaldiçoo de cima a baixo, de um lado ao outro, na frente e atrás. Eu o amaldiçoo da ponta de um dedo à ponta do outro, da cabeça aos pés. Eu o amaldiçoo hoje, ontem e amanhã. Amaldiçoo tudo o que você comer, beber, falar ou sonhar.

Lívido, o anão ergueu os olhos. A caverna escura estalava com o poder. O fogo se apagou, mas Galen continuou a rosnar as palavras, sem remorso algum, o dedo apontado liberando fagulhas.

– Que suas posses se transformem em pó. Que seu corpo trema e apodreça. Que seus cabelos fiquem brancos e caiam...

– Não. – Alberic deu um passo para trás, levantando ambas as mãos. – Não! Espere!

– ... Que todos os seus amigos o traiam. Que a água, o fogo, a terra e o ar se tornem seus inimigos. Que os horrores de Kest rastejem dentro de você.

– Galen! – O anão encolheu-se subitamente, as mãos trêmulas. – Pare! Eu não acredito... Você não pode fazer isso...

Raios de luz emergiram da mão do guardião e reverberaram pelos cantos da caverna; faíscas azuladas e ferozes rodearam o homenzinho, arrastando-se sobre seus membros, envolvendo seu pescoço, fazendo-o gritar e se debater para se livrar delas.

– Você começará a adoecer a partir de agora. Seu corpo será tomado pela dor. Qualquer comida que ingerir irá fazê-lo engasgar. Eu lhe destino seis semanas de sofrimento e, quando você morrer, sua alma irá gritar para sempre no Poço dos Demônios de Maar.

– *Chega!* – O guincho emergiu dos lábios contraídos de Alberic como uma dor, e ele cobriu a cabeça com as mãos como se pudesse sentir fisicamente os golpes produzidos pela malícia daquelas palavras. – Chega. Pare!

Fez-se silêncio.

A caverna estava agora envolta em trevas e fumaça, como se alguma coisa houvesse entrado em lenta combustão.

Galen esperou. Em seguida, abaixou as mãos devagar.

Tremendo, Alberic arrastou-se de volta para o banco e apoiou-se nele no mais completo silêncio. Todos o observavam. Tentou tomar um gole do licor, porém a taça tremia violentamente em sua mão.

Ao erguer os olhos, seu rosto brilhava, coberto de suor.

– Não acredito que você tenha sido capaz de desejar isso para mim, guardião – ofegou.

Galen não respondeu.

– Contudo... considerei seu pedido... – Engoliu em seco dolorosamente. – Pensei melhor...

– Você vai atacar? – perguntou Galen, sério.

Alberic o fitou, furioso e lívido, as mãos ainda trêmulas.

– Sim – cuspiu.

21

Na improvável hipótese de todo o treinamento falhar, o agente deverá lançar mão de quaisquer estratégias ao seu alcance.

Mandamento dos Vigias

NO MESMO INSTANTE um sino começou a soar, forte e insistente, inacreditavelmente alto. Portas foram abertas; alguém gritou.

Carys esbravejou amargamente; agarrou o bracinho da menina e o torceu para trás com raiva.

– Mais um pio e eu quebro seu braço! – ameaçou por entre os dentes.

Lívida, a garota a fitou com os olhinhos marejados de lágrimas devido à dor. Raffi olhou ao redor, apavorado.

– Vamos! – chamou.

Eles partiram em disparada pelo corredor mal-iluminado. Ao virarem uma esquina, depararam-se com dois homens; Carys empurrou a garota para o lado, ergueu a balestra e atirou. Um deles caiu, segurando o braço; o outro atirou de volta, mas a flecha cravou-se numa das vigas do teto, pouco acima de Raffi. Ele rolou, reuniu toda a sua energia e a lançou numa explosão chamejante pelo corredor. O barulho da explosão foi acompanhado por um espocar de luz. Quando a fumaça se dissipou, viu os dois homens caídos no chão.

– Excelente! – Carys levantou a menina e recarregou a balestra. Raffi correu até os dois e se ajoelhou ao lado deles, ansioso.

– Estão mortos? – perguntou ela.

O aprendiz ergueu os olhos rapidamente.

– Claro que não!

– Então vamos!

Enquanto era puxada, a menina lançou um olhar por cima do ombro.

– O que foi que ele fez? O que foi isso?

– Isso foi uma demonstração do poder da Ordem. – Carys soltou uma risada amargurada. – É melhor esquecer tudo o que eles lhe ensinaram sobre ilusões. Esse pessoal conhece alguns truques de verdade.

Os três subiram correndo as escadas, viraram outra esquina e, então, se agacharam, ofegantes. Um distante som de movimentos ecoava pela casa; vozes gritavam ordens.

– Quanto tempo? – perguntou Raffi.

– Eles irão checar todos os dormitórios. Provavelmente já sabem que ela desapareceu. – Carys baixou os olhos com raiva. – Por que você não ficou de bico calado?! E por que você não me contou sobre o sonho, Raffi?

Ele franziu o cenho.

– Não pensei que ela tivesse... Na verdade, foi mais como uma visão. De qualquer forma, isso significa que ela realmente é o inter-rei.

– O inter o quê? – indagou a garota.

– Nada.

A criança os avaliou em silêncio, especialmente Raffi.

– No meu sonho – lembrou-se –, você estava na sala de aula.

Ele se agachou ao lado dela.

– É a segunda vez que você me deixa em apuros.

O rostinho esperto abriu-se num sorriso.

– É. Sou boa nisso.

– Aposto que sim – rebateu Carys.

– Eles não vão deixar vocês escaparem. – Com toda a calma do mundo, ela pegou o filhote de felino noturno e acariciou sua cabeça. – Vocês serão mortos. E eu não ligo.

Sentindo o sangue gelar, Raffi esticou o braço e agarrou o pulso fino dela.

– Qual é o seu nome?

Ela pareceu surpresa.

– Felnia. E o seu?

– Raffi. – Ele virou a insígnia que ela trazia pendurada no pescoço. O número era 914.

Eles ficaram em silêncio por alguns instantes. Impaciente, Carys esticou a cabeça para dar uma espiada na escada.

– Está demorando. Eu sabia que aquele pavio estava... – Antes que pudesse terminar, uma forte e ensurdecedora explosão sacudiu as paredes, seguida por outra, nas profundezas da casa. – Agora! – ofegou. Levantou-se e saiu correndo, verificando cada esquina. Raffi a seguia de perto, arrastando a garota consigo. A meio caminho da virada seguinte, sentiu uma mãozinha gelada deslizar em sua palma. Segurou-a com força.

Mas havia patrulhas demais, gente demais. Por duas vezes, eles quase foram pegos; por fim, entraram numa sala de aula vazia ao notarem um grupo de mulheres altas que se aproximava pelo corredor, abrindo cada porta para dar uma espiada.

Agachado sob uma das carteiras, Raffi esperou que o som de passos desaparecesse a distância.

– E agora? – sussurrou.

Carys afastou os cabelos do rosto.

– Tentar sair pelo portão principal é impossível. Não conseguiremos chegar nem perto. – Fechou a cara. – Para ser sincera, nunca achei que conseguiríamos.

– Existe outra saída?

– Não por aqui.

– O que vamos fazer então?

– Recuar. Encontrar um lugar onde possamos nos defender. – Virou-se para Felnia. – A torre norte. Ela é usada para quê?

A menina mostrou-lhe a língua. Carys deu de ombros.

– Vamos tentar. Geralmente é a ala destinada à equipe... Eles talvez não pensem em nos procurar lá.

Prosseguiram o mais rápido possível, apagando cada tocha pela qual passavam. De repente, Carys parou de forma tão abrupta que Raffi colidiu contra ela.

– Escute.

– Que foi? – Enquanto formulava a pergunta, suas linhas de proteção tilintaram; um calafrio percorreu-lhe a espinha ao sentir nitidamente um monstro grotesco de seis patas salivando pelos corredores, negro e enorme.

– O cão farejador. – Carys soou furiosa. – Não temos chance contra ele. – Com a flecha preparada, virou-se para encarar a escuridão.

– Aqui não! – Raffi agarrou-lhe o braço. – Vamos para a torre. Podemos bloquear as portas. Não desista, Carys!

Ela o fitou com uma expressão estranha enquanto ele a puxava para longe. Na esquina seguinte, depararam-se com uma porta. Ao passarem por ela, viram que não havia como trancá-la pelo lado de dentro, então subiram correndo a escada de madeira, ofegantes, empurrando a menina na frente deles. No andar de cima ficava a cozinha, repleta de barris e caixas de provisões. Carys abaixou a arma e agarrou o barril mais próximo.

– Empurrem os barris escada abaixo!

Viraram o primeiro e o rolaram em direção à escada; ele desceu rolando os degraus e explodiu contra a porta lá embaixo com um forte estrondo.

– Os outros!

Felnia resolveu ajudá-los. De repente, todos foram tomados por um súbito e incontrolável acesso idiota de riso, como se aquilo fosse um jogo, mas continuaram lançando um barril atrás do outro, até que a escada ficou soterrada em pedaços de madeira, vinho fermentado, queijos fedorentos e peixes desidratados.

Escutaram a porta ser forçada, empurrada com raiva, porém os barris haviam feito uma barreira, impedindo-a de se abrir. Alguém gritou algumas ordens furiosas.

Carys parou de rir, a mão segurando a lateral do corpo.

– Eles vão pegar um machado. Vamos.

Os três invadiram o aposento mais alto da torre. Havia duas camas, com os cobertores jogados em cima de qualquer jeito, um baú e uma mesa pequena; nada mais. Raffi correu até a janela e a abriu. E parou, imóvel. Diretamente abaixo deles ficava o enorme fosso cavernoso, cravejado de estacas afiadas.

O aprendiz foi tomado por um súbito e frio desespero. Sentiu-se enjoado e exausto, como se tivesse gasto toda a sua energia naquela explosão de luz. Deu-se conta do que Carys já sabia desde que a menina havia gritado. Eles estavam perdidos. Não havia como escapar.

Carys tinha usado a mesa para bloquear a porta. Estava sentada com as costas coladas na parede, tensa, a balestra apontada.

Quebrando o silêncio, Raffi falou:

– Não podemos simplesmente ficar aqui esperando por eles!

– E o que mais a gente pode fazer, Raffi? – Balançou os cabelos castanhos, cansada. – Nunca se deixe encurralar, o velho Jellie costumava dizer. Ele só se esqueceu de mencionar que às vezes a gente não tem escolha.

Alguma coisa retiniu lá embaixo.

Felnia estava parada ao lado da porta com seu bichinho de pelúcia ainda debaixo do braço. Olhando para eles, sentou-se de pernas cruzadas no chão e disse:

– Vocês podem se entregar.

Carys bufou.

– Não. – A menina assentiu. – Imagino que não. – Seus olhos castanhos se fixaram em Raffi. – Por que vocês vieram me pegar? Para onde pretendiam me levar?

– Para longe daqui. – De repente, ele se ajoelhou ao lado dela. – Somos seus amigos. Viemos resgatá-la. A gente ia levar você para um lugar lindo, tranquilo, cheio de árvores e flores, mesmo no inverno. Os Vigias não conhecem esse lugar. Tudo o que você quiser pode ser encontrado lá: comida, roupas, pessoas para amá-la e cuidar de você. Isso não seria legal? Não seria?

Ela o fitou com uma expressão indecifrável.

– E quanto aos castigos?

– Sem castigos.

– Não sei. – Olhou para Carys. –Você acha que eu ia gostar?

– A princípio, não – respondeu ela baixinho. – Mas acho que, com o passar do tempo, sim.

– Você conhece esse lugar?

Carys se virou para Raffi.

– Não. Mas acho que deve ser um bom lugar.

– Mas, por que eu? Por que não Helis ou Dorca?

– Porque você... – O aprendiz parou, apreensivo. Carys fizera um sutil sinal de cabeça para que não dissesse nada; a menina viu.

– Não vou contar a ninguém – prometeu.

Raffi sentiu uma súbita pontada de desgosto. De alguma forma, doía saber que a menina podia morrer sem descobrir quem ela era de verdade. Tinha consciência de que, quando os Vigias invadissem o quarto, a chance de algum deles sobreviver era quase nula.

– Você se lembra de alguma coisa do seu passado, antes de vir para cá?

A garota pareceu surpresa.

– Claro que sim. Me lembro de uma mulher velha chamada Marta. Ela chorou muito. Foi ela quem me deu este bichinho. – Franziu o cenho. – Ela era minha mãe?

Raffi suspirou.

– Não.

– Minha mãe vive nesse jardim que você falou?

Ele lançou um olhar rápido e desesperado para Carys.

– Não. Sua mãe, não.

A garota anuiu. Parecia bastante satisfeita.

– É uma pena que a gente não vai conseguir ir até lá.

Raffi passou as mãos pelos cabelos. Estava apavorado; sentia vontade de se abraçar com força.

– Gostaria que Galen estivesse aqui.

– Ele acabaria morrendo junto com a gente. – Carys escutava com um ar resignado; ele agora podia ouvir também as pancadas fortes e compassadas do machado na porta lá embaixo.

– Você não pode mentir para eles? – perguntou Raffi de supetão. – Finja que eu sou seu prisioneiro. Diga...

– Raffi. – Ela o fitou, espantada. – Eu não teria a menor chance numa situação dessas. Eles vão entrar atirando.

– Você poderia ir falar com eles agora.

– Poderia. Mas aí nós dois seríamos torturados e eles acabariam descobrindo tudo sobre Tasceron, o Corvo, o inter-rei e qualquer outra coisa que esteja na sua mente.

O aprendiz sentiu-se tolo.

Ela se virou de novo para a porta.

– É estranho – falou –, mas sempre tive a sensação de que morreria pelas mãos do meu próprio povo.

– Eles não são seu povo – retrucou Raffi baixinho.

O machado atravessou a porta. Com cuidado, o aprendiz enviou uma linha de proteção em direção a ele e sentiu o enorme grupo de Vigias. Pelo menos uns quinze. E todos armados.

Mas havia algo mais também. Alguma coisa sutil, longínqua, fora das paredes da casa. Sem se dar conta, ergueu a cabeça num movimento brusco.

Carys olhou de relance para ele, alerta.

– Que foi isso?

Esticando o alcance das linhas, sentiu um grupo de pessoas selvagens, com cheiro de mato. Cobertas em ouro roubado. Um grande exército.

– Alberic?

– O quê?

– *Alberic!* – Correu para a janela. – Veja!

Uma chuva de flechas atravessava as cercas. Os homens corriam; alguns caíram. A ponte levadiça estava em chamas; enquanto observava, uma familiar explosão de fogo branco emergiu da floresta mais uma vez, incendiando tudo o que havia de madeira pela frente.

– É a caixa! O que ele está fazendo?

Carys soltou um grito de alegria.

– Galen! Ele os convenceu a vir!

– Como?

– Isso não importa!

As machadadas cessaram. Em seguida, recomeçaram novamente, mais furiosas, mais rápidas. Raffi abriu a janela. Teve uma súbita e louca ideia, como uma flecha vinda da floresta que ele houvesse agarrado. Virou-se para Carys.

– Me passe aquela relíquia!

– O quê?

– A relíquia!

Carys meteu a mão no saco e a atirou para Raffi. Ele rasgou o tecido negro e viu um pequeno aparelho cinza, brilhando suavemente. Segurando-o com força, concentrou-se nele, sentiu o poder dos Criadores e o sugou para fora em compridas linhas azuladas que lançou pela janela: longos fios de poder, que se enredaram e se entrelaçaram até formarem uma rede suspensa sobre as mortíferas estacas.

A porta lá embaixo cedeu.

Raffi pegou a menina e a forçou a subir no parapeito.

– Pule! Você vai ficar bem. Rápido!

Escutaram o som de passos cautelosos subindo a escada.

– Eu vou morrer! – Ela olhou para as estacas e se agarrou a ele com as duas mãos.

– Não, não vai!

– Vou, sim!

– Pelo amor de Flain, rápido! – berrou Carys. – Eles estão aqui!

A porta se abriu com um estrondo. Ela atirou imediatamente. Raffi pegou a menina no colo e se espremeu para passar pela janela.

E, então, pulou.

AS QUEDAS DE KEILDER

22

De sua posição elevada,
Soren olhou para as Terras Inacabadas.
– De agora em diante, os invernos
serão longos – murmurou.

Livro das Sete Luas

ELES CAÍRAM NA rede.

Ela cedeu, afundou e depois estabilizou, as linhas azuladas cintilando sob a mão de Raffi. O aprendiz tentou se levantar e não conseguiu; sentia-se súbita e profundamente esgotado, segurando a relíquia com força para evitar que ela caísse.

Alguém gritava e puxava seus cabelos; de repente, a rede foi sacudida mais uma vez, fazendo-o quicar. Raffi gemeu, abriu os olhos e teve um terrível vislumbre das estacas afiadas logo abaixo. Em seguida, sentiu Carys, com o ombro coberto de sangue, puxando-o pelo braço.

– Raffi! – gritou ela. – Vamos!

Lutou para passar por cima da borda da rede e caiu de joelhos no chão. A floresta parecia estar a centenas de quilômetros de distância.

Flechas cruzavam o ar à sua volta. Estava exausto, queria que elas o deixassem em paz, que o deixassem dormir, se enroscar, mas Carys passou um dos braços sob o dele e o forçou a se levantar, xingando-o terrivelmente, enquanto, do outro lado, um par de mãos pequeninas e geladas o segurava com força pela cintura.

Meio arrastado, Raffi se afastou aos tropeços da Casa dos Vigias, indo ao encontro da escuridão, de um rugido de vozes e de um par de braços fortes que o suspendeu, colocou-o sobre o ombro e o levou embora.

Ao abrir os olhos de novo, sentiu que estava num lugar escuro e aconchegante. Achou que estivesse de volta a Sarres, mas o que viu acima de sua cabeça foi o teto de uma caverna, pontilhado por pedras de quartzo que refletiam o brilho fraco e avermelhado de uma fogueira. As rochas ao redor eram antigas e transmitiam tranquilidade. Por um breve momento, sentiu uma suave música emanando das profundezas, uma brisa melódica tão antiga que mal parecia real. Sua memória começou a voltar gradualmente, acompanhada por uma forte dor no peito que o fez prender a respiração.

Sentou-se.

Uma pequena lamparina ardia sobre o chão de terra. Gritos de raiva ecoaram lá fora. Alarmado, afastou os cobertores e tentou se levantar, mas dedos compridos o impediram.

– Cuidado, pequeno guardião! – O Sekoi estava parado ao seu lado, os olhos astutos brilhando sob o luar. – Como está se sentindo?

– Péssimo. O que há de errado comigo?

Ele deu de ombros.

– Nada que eu possa ver. Seu mestre diz que você se esforçou demais para criar aquela rede mágica. – Deu uma piscadinha. – Ele não vai reconhecer, mas está orgulhoso de você.

– Galen! – Raffi soltou uma risada fraca. Achava aquilo muito engraçado.

O Sekoi coçou o pelo e começou a roer uma unha.

– Nós nunca entenderemos vocês, homens das estrelas.

Era Alberic quem tinha gritado. Pela boca da caverna, Raffi o viu esmurrar furiosamente uma árvore.

– O que está acontecendo?

– Venha ver. – O Sekoi o conduziu para fora; Raffi viu Galen parado no meio de uma escura clareira, os braços cruzados, sério e imponente. O guardião olhou de relance para o aprendiz, mas sua expressão não se alterou. Entre eles, Alberic esbravejava, chutando um banco numa fúria incontrolável.

A mudança no anão deixou Raffi boquiaberto. Ele parecia velho e abatido; os cabelos mais ralos e seu humor, pior do que nunca. Uma taça de vinho encontrava-se caída entre as folhas; enquanto observavam, ele pegou um prato repleto de frutas e o arremessou nos arbustos com um grito. O Sekoi olhou para o prato avidamente.

– Nós somos prisioneiros dele? – perguntou Raffi, confuso.

– Acredito que não. Galen lançou uma terrível maldição sobre ele. Na verdade, acho que ele é nosso prisioneiro. – Meteu-se rapidamente entre os arbustos.

De repente, Alberic parou de esbravejar, ofegante. Virou-se, uma das mãos apertando o flanco.

– Você me prometeu!

– Eu não lhe prometi nada. – Galen não demonstrava a menor compaixão. – Eu lhe pedi que atacasse.

– E nós atacamos! Queimamos a ponte levadiça! Três dos meus garotos foram alvejados! Cheguei até a usar todo o poder daquela maldita caixa azul. O que mais você quer? Retire esta porcaria de maldição de cima de mim!

– Ainda não – respondeu Galen com calma.

O anão abraçou o próprio corpo como um homem preso num pesadelo.

– Pelo amor de Flain, guardião! Tudo o que eu como tem gosto de cinzas!

– Primeiro você deve nos retirar da floresta – continuou Galen. – Vamos precisar de cavalos... O garoto está fraco demais para andar. E quero sua proteção contra qualquer patrulha dos Vigias até chegarmos ao pântano. Um dia de viagem, só isso.

– O pântano? – Apesar da dor, os olhos do anão brilharam com malícia. – O que tem lá?

– Nada que você possa encontrar. – Galen tirou o peso da perna enrijecida; sua expressão era sombria, mas Raffi podia ver que ele estava se divertindo. – Combinado?

Alberic xingou.

– Não tenho escolha.

– Não, não tem. Se alguma coisa acontecer comigo, a maldição jamais será quebrada. Cuide bem de mim, rei dos ladrões. Sem a minha ajuda, seis semanas de sofrimento...

– Eu sei! Não comece com isso de novo!

O guardião soltou uma risadinha implacável.

– E, se alguma coisa acontecer a meus amigos... digamos que vou preferir vê-los mortos a curar você. Acredite em mim.

– Acredito em qualquer coisa que venha de você – cuspiu Alberic, observando-o de esguelha. A expressão assassina em seu rosto deixou Raffi gelado. – Mas o que eu realmente quero saber é: eu precisava sofrer tudo isto para resgatar *essa coisa*?

Apontou. Raffi acompanhou seu dedo.

Felnia estava sentada ao lado da fogueira, comendo uma enorme fatia de melão, o rosto coberto de caroços. Limpou-os com a mão, fascinada, os olhinhos castanhos fixos no anão.

– Ele é louco? – perguntou.

Galen riu.

– Espero que não. Não tenho cura para isso.

Alguém se aproximou por trás de Raffi.

– Está melhor? – Era Carys. Usava uma camisa diferente e ostentava um belo rasgo ensanguentado na manga do casaco.

– Um pouco. O que aconteceu com você?

Ela franziu o cenho e balançou a cabeça. Com relutância, disse:

– Não consegui pular.

– Não conseguiu?

– Fiquei apavorada.

Ele riu e ela rapidamente ergueu os olhos.

– Estou falando sério. Vi como a rede segurou vocês, mas... ela era feita de luz, Raffi!

O aprendiz assentiu.

– Mas, no fim, acabou pulando. Galen diria que isso foi um salto de fé.

Eles se viraram para Felnia. Ela se levantou e se aproximou da clareira; estava coberta de folhas. Olhou primeiro para Galen e, em seguida, para Raffi.

– Nós vamos para o jardim agora?

Ele fez que sim, subitamente mais animado. Acima das árvores, um raio espocou; a menina ergueu os olhos para o céu, surpresa.

– Que bom.

– Você quer vir com a gente? – perguntou Galen numa voz rouca.

Ela apontou.

– Com ele. Quero ir com ele.

O aprendiz se sentiu tolamente satisfeito. De repente, percebeu que ela estava apontando para algo atrás dele e se virou. Era o Sekoi, semiencoberto pelas sombras. Ele a fitou, atônito.

– Comigo?

– Gosto de você. – A menina deu outra mordida na fatia de melão. – Você é peludo – comentou de boca cheia –, que nem meu bichinho.

– Obrigado. – A criatura lançou um olhar desconfiado para o brinquedo roído pelas traças. Deu um passo à frente e entregou a Carys algo que trazia escondido atrás das costas. Ela guardou rapidamente, mas não antes de Raffi ver o prato de ouro.

– Isso me deixa enjoado – cuspiu Alberic.

O Sekoi se ajoelhou e estendeu uma das mãos de sete dedos.

– Que tal a gente voltar para a caverna? – perguntou baixinho. – Acho que vai chover.

A menina concordou. Ao passar pelo anão, sussurrou um pouco alto demais:

– Ele *é* louco.

– Jura? – replicou o Sekoi de maneira gentil. – Então somos dois.

Naquela noite, enquanto a chuva caía lá fora, os quatro se sentaram sozinhos entre as estalactites do fundo da caverna lotada de gente, com a menina enrolada em cobertores e dormindo no colo do Sekoi.

Ele tirou um pouco da terra agarrada aos cabelos dela de maneira pensativa.

– Ela vai dar trabalho. Essa menina tem a arrogância que você esperaria da herdeira de um Imperador.

Raffi riu, sentindo-se aquecido e descansado. Comera mais do que o suficiente. Os homens de Alberic vigiavam toda a área num raio de quilômetros. A menina estava segura. Eles iam voltar para Sarres. Braylwin era mantido amarrado e vigiado em algum lugar. Ainda assim, pensou, sonolento, eles continuavam entre inimigos.

Carys estava contando a Galen sobre a Casa dos Vigias. Ele anuiu, sério.

– Parece pior do que eu imaginei. Você acha que a criança vai gostar de ficar com a gente?

– Se ela tiver algum juízo.

– E quanto a você? – perguntou Raffi de supetão. – Agora não poderá mais voltar.

Ela deu de ombros, incomodada.

– Claro que posso. Ninguém sabe que eu estive lá.

– Exceto Braylwin. – Raffi parou no meio da frase. O aviso de Galen repuxara-lhe todas as suas linhas de proteção; ele baixou os olhos, tonto.

– Ela terá tempo para decidir. Levaremos um dia de cavalgada para sairmos desta floresta. – O guardião afastou os cabelos do rosto de forma distraída e os amarrou com um pedaço sujo de barbante. – Agora, um de nós precisa ficar acordado, a noite inteira. Mas, primeiro, a Litania, garoto. Não durma.

ERA ESTRANHO ESTAR sobre um cavalo novamente. Ele e Carys cavalgavam juntos, enquanto o Sekoi e a menina seguiam à frente num cavalo branco. Até mesmo Galen estava montado num espécime com olhos assustados e pintado de verde. Eles viajavam rápido, em meio à grande comitiva do rei dos ladrões. O restante dos soldados de Braylwin havia desaparecido; se suas gargantas tinham sido cortadas ou se eles haviam sido liberados, Raffi não sabia. Sem dúvida, Alberic não receberia recompensa alguma por eles.

Braylwin, porém, continuava ali. A princípio eles o haviam feito andar, mas o homem era tão desajeitado e reclamava tanto que arrumaram um cavalo para ele também, um animal de carga grande e teimoso. Raffi olhou com repugnância para a silhueta gorda do sujeito. Como se tivesse percebido, o capitão dos Vigias se virou na sela e sorriu com malícia.

– Você gosta do rapazinho, é, Carys?

– Ignore-o – murmurou ela.

Mas Braylwin diminuiu a marcha e emparelhou com eles.

– Não vai soltar seu tio, querida? – sussurrou. – Seria inteligente da sua parte.

Carys voltou seu olhar gélido para as árvores.

Braylwin coçou a bochecha com suas mãos gordas e amarradas.

– Veja bem, eu estava pensando no meu relatório. Vai ser uma história e tanto! Pena que você não terá a chance de lê-lo.

– O que você vai dizer sobre ela? – Raffi mostrou-se preocupado.

O grandalhão deu um pulinho na sela e sorriu.

– Apenas tudo o que eu tenho a dizer. Traição dos Vigias, que é um crime punido com a forca. Sequestro. Contraespionagem. Claro que, se algum dos dois resolvesse me ajudar a escapar, a história seria diferente. Muito diferente. Você e eu poderíamos inventar uma bela...

– No que me diz respeito, você pode apodrecer no inferno! – rosnou ela, virando-se com raiva.

– Mas eu não vou apodrecer. – Os olhos negros brilharam com astúcia naquele rosto flácido. – Eu sou rico, Carys – falou por entre os dentes –, e o anão é ganancioso. Posso comprar minha liberdade. E, quando fizer isso, vou colocar seu nome em todas as listas de procurados daqui até Maar, pode acreditar. Portanto, decida-se logo!

Mas Carys simplesmente incitou o cavalo e o deixou para trás. Não disse nada por um longo tempo, nem mesmo quando Raffi tentou puxar assunto.

O SOLO DA floresta estava encharcado e coberto pelas folhas que os ventos fortes haviam arrancado das árvores. No meio da tarde, a chuva recomeçou; os cavaleiros tornaram-se silhuetas escuras, deslizando e chapinhando na lama e nos escorregadios sulcos das trilhas. Enquanto prosseguiam trotando, Raffi abriu seu terceiro olho e observou a mata, sentindo-a se encolher sob o tempo carregado, sob aquela chuva cinzenta e constante, e sentindo as enormes gotas que caíam dos galhos desnudos e escorriam pelo seu rosto. Em pouco tempo, estava encharcado, segurando-se sem muita firmeza ao casaco de Carys, observando com seu olho mental uma matilha de dingos atravessar ao longe um rio de águas elevadas, vendo as pequeninas larvas que zanzavam entre suas patas.

O planeta estava se dissolvendo; sentia o hemisfério inteiro resvalar para o inverno, o longo e tenebroso inverno anariano, com suas tempestades de gelo e ventos implacáveis, piores a cada ano;

a época em que a relva congelava e as matilhas de lobos sanguinários emergiam das Terras Inacabadas, quando as sete luas pareciam cobertas de gelo entre as estrelas dos Criadores. Estremeceu. No ano anterior, ele e Galen mal tinham conseguido sobreviver ao inverno. Este ano, porém, as coisas seriam melhores; eles estariam em Sarres. Se ao menos Galen concordasse em permanecer lá.

A noite chegou cedo, um úmido cair de tarde outonal, com a escuridão provocada pela chuva parecendo se concentrar entre os troncos nodosos e molhados. Rochas gigantescas e negros penhascos escarpados erguiam-se ao redor deles. Morcegos rondavam o ar; o pio das corujas ecoava nas cavernas acima. Com Felnia cuidadosamente acomodada entre os braços, o Sekoi ergueu os olhos e escutou com atenção.

Eles fizeram uma breve parada para comer algumas horas depois, mas não acenderam nenhum fogo; Alberic estava determinado a continuar. Desistira de seu cavalo; agora quatro dos seus homens mais robustos o carregavam numa liteira extravagantemente pintada e coberta por um pano vermelho e encharcado. Godric entregou-lhe um pouco de comida e se afastou rapidamente, enquanto o prato era lançado com fúria sobre sua cabeça. Alguns dos comparsas do anão riram; outros lançaram um olhar maligno em direção a Galen. Raffi ficou assustado.

Era difícil enxergar qualquer coisa em meio àquela chuva deprimente; o aprendiz procurou abrigo sob um larício e comeu seu pão com desânimo, a água pingando de seus cabelos e dedos. De repente, tudo parecia estar muito errado: Sarres a mais de cem quilômetros de distância; seus sentidos, embotados e trêmulos; todas as linhas de poder recolhidas na terra como um caramujo que se recolhe em sua concha.

De repente, Galen se aproximou e o agarrou.

– Onde ela está? Ela não está com você?

Raffi o fitou, confuso.

– Carys?

– Felnia! – Seu rosto aquilino estava ansioso, os cabelos grudados na testa. – Você a viu?

Uma lufada de vento e chuva fustigou-lhes os olhos. O grito de Carys reverberou em meio às árvores; Galen correu em direção a ela, tropeçando nos arbustos decadentes de samambaias e nos cogumelos bufas-de-lobo, abrindo caminho pelo bando de ladrões que observava a cena com interesse. Raffi largou o pão e correu também.

O Sekoi estava deitado de barriga para cima, os olhos arregalados e vidrados. Godric tateava seus membros com cuidado.

– Ele não está morto. Provavelmente levou uma pancada na cabeça.

Galen girou.

– Ela deve ter fugido!

– Não. – Carys congelou, os olhos fixos numa silhueta escura destacada contra a mata; o enorme cavalo de carga de Braylwin pastava tranquilamente, arrancando o líquen agarrado a um tronco morto. Pedaços de corda pendiam de seu pescoço. – Ó, céus – soltou num ofego. – Ele a pegou.

23

Teça uma reluzente teia em torno
da alma incrédula.
Se puxar com força, ela virá até você.

Apocalipse de Tamar

– POR QUE EU faria isso? – Alberic estava irritado; tremia sem parar em seu conjunto axadrezado, apertando uma capa debruada de pele em volta do corpo.

– Porque, se não fizer – explodiu Galen –, eu irei sozinho e o deixarei aqui para queimar em seu próprio inferno! – O guardião estava tomado por uma fúria assustadora; Raffi sabia que nesse humor ele poderia fazer qualquer coisa.

Alberic também sabia.

– Tudo bem. – O rei dos ladrões brandiu uma das mãos de aspecto doentio. – Reúna os rapazes, Taran. Dividam-se em grupos de dez. Queremos a criança viva. – Olhou de forma dissimulada para Galen. – E quanto ao gordo capitão? Ele deve valer uns mil marcos.

– Não me importo. – O guardião pegou o cajado preso à sela do cavalo, enquanto a chuva continuava castigando-os sem parar. – Raffi vem comigo. – Olhou de relance para Carys. – E você também, se quiser.

Ela fez que sim e carregou a balestra. Seu rosto estava pálido e tenso. Raffi sentiu estranhas lembranças emanarem dela, e raiva. Uma raiva profunda.

Eles se meteram no meio das árvores. Galen tinha sua própria forma de rastrear, seguia os flashes e nuances de sentimentos, as diminutas e intrincadas redes de sensações. Conduziu-os através de uma trilha mal-iluminada entre azevinhos e larícios, as árvores se fechando à medida que prosseguiam, a encosta escarpada da ravina erguendo-se em algum lugar atrás da cortina de chuva.

Gritos ecoaram pela mata. Alberic viera atrás deles, mancando e fazendo caretas, com Godric seguindo-o como uma enorme sombra.

O guardião interrogou as árvores e as corujas de forma rápida e silenciosa, buscando as respostas no fundo de suas consciências, deixando-as tontas. Não demonstrava a menor pena ou compaixão; Raffi podia sentir os ecos doloridos desse comportamento. Mas Braylwin havia seguido por ali. Imagens dele e de Felnia cintilaram em seu terceiro olho: o homem grande carregando a garota debaixo do braço com facilidade.

– Fico surpreso que ele consiga andar tão depressa – disse.

Carys lançou um rápido olhar por cima do ombro.

– Ele tem mais disposição do que você imagina. E sabe correr quando quer. Todo aquele arquejar é pura encenação.

A trilha tornou-se uma descida íngreme e traiçoeira graças aos seixos soltos e às pedras que resvalavam da encosta. A escuridão ali era mais profunda, embebida em névoa; os galhos negros gotejavam sem parar. Um rapineiro soltou um guincho; Galen escorregou e cravou o cajado na lama, esbravejando.

Estranhas sorveiras floresciam ao pé da encosta, os troncos finos, brancos e delgados. A trilha se dividia em duas. Galen se agachou, apoiou as mãos nas pedras molhadas e concentrou sua mente no solo, nas poças e nas pilhas de folhas. Carys, porém, adiantou-se e pegou alguma coisa na trilha da esquerda.

– Não se dê todo esse trabalho. Ela foi treinada pelos Vigias, lembra?

Era o gatinho de pelúcia. Carys o jogou para Raffi, que o guardou no bolso; Galen já partira, abrindo caminho entre os emaranhados de galhos. Musgos e liquens espalhavam-se por todos os lados, cobrindo tudo; ali embaixo, as rochas e árvores emitiam um brilho esverdeado sob a luz bruxuleante. Um cheiro forte de decomposição pairava no ar; o caminho era pontilhado por estranhas e fantasmagóricas damas-da-noite, grandes demais, que se contorciam grotescamente em busca de luz.

Enquanto abria caminho em meio a elas, Raffi escutou o barulho de água; o rugido de uma cascata cujas proporções ele não saberia estimar. Deixou que suas linhas de proteção a tocassem, e sentiu-as serem varridas por um fluxo constante de energia, decorado com diversos arco-íris.

– Ele está perto! – gritou Galen. – Preparem-se!

Chegaram a uma clareira; diante deles, uma grande torrente de águas escuras cintilava sobre as pedras. Uma enorme cachoeira que se precipitava pela beira do penhasco com um rugido feroz, uma queda-d'água ensurdecedora, quebrando-se ao fundo numa espuma densa e afastando-se em redemoinhos de pequeninas bolhas brancas.

O barulho era tão alto que fazia com que fosse quase impossível pensar; as linhas de proteção tilintaram, e Raffi sentiu-se subitamente tonto, como se alguém tivesse lhe dado uma pancada na cabeça. Galen correu os olhos em volta também, desorientado.

– Consegue vê-lo?

Uma flecha cravou-se na mata atrás deles; Carys puxou Raffi para o meio dos arbustos de dama-da-noite.

– Idiota! – gritou ela, acima do rugido da água. – Mantenha-se abaixado!

Pelo menos agora eles sabiam que Braylwin estava armado. Nesse mesmo instante, como se os Criadores tivessem ordenado, a névoa do rio tornou-se menos densa e, através de seus frágeis fragmentos, as setes luas brilharam nitidamente, numa formação que era quase consistente com a do Arco, embora Lar fosse apenas um rasgo crescente e a superfície esburacada de Karnos estivesse um pouco baixa demais, semiencoberta pelas árvores.

Galen ergueu os olhos. Não disse nada, mas Raffi sentiu sua oração, alguma forte declaração que não conseguiu reconhecer.

– Consegue vê-lo? – perguntou Carys.

Galen fez que não. Mas seus olhos estavam fechados; tentava senti-lo com a mente. Havia colocado sobre o chão um dos colares de contas e um pequeno galho de aveleira. Girou-o delicadamente com a ponta dos dedos enquanto eles observavam.

De repente, o galho parou de girar, apontando para o outro lado do rio, à direita da cachoeira. Raffi estreitou os olhos para ver o que havia lá, porém os indistintos raios de luar e o campo de energia gerado pela água deixavam-no confuso. Feixes em tons de rosa e pérola bloqueavam a visão da face da rocha.

O guardião enfiou o colar de volta pela cabeça. Puxou Carys para perto e falou em seu ouvido:

– Vou fazer com que ele se concentre em mim. Vá até a margem. – Ela concordou e ele apertou seu braço um pouco mais. – Mantenha a menina a salvo, Carys.

A espiã Vigia riu e falou algo que Raffi não conseguiu escutar; em seguida, desapareceu entre os arbustos de dama-da-noite.

– Vá com ela – gritou Galen.

O aprendiz hesitou.

– Faça o que estou mandando, garoto!

Ele se virou e seguiu para os arbustos altos, apreensivo. Galen estava exposto demais. As linhas de proteção eram inúteis ali. Tudo ecoava e tilintava. Imaginou se Braylwin sabia que isso aconteceria.

Enquanto rastejava em meio às flores, preocupou-se com as aranhas azuis e as vespas. Era o tipo de lugar onde esses bichos viviam, e ele nunca havia sido picado. Um tremor percorreu seu corpo. Carys seguia à frente, ofuscada pela luz das luas que incidia sobre a cascata de água.

De repente, logo abaixo da queda, um ligeiro movimento atraiu o seu olhar. Parou, esforçando-se para enxergar através da penumbra. Uma silhueta escura escalava as pedras do penhasco, uma figura grande, movendo-se com rapidez.

– Carys! – chamou por entre os dentes, mas ela estava distante demais para escutá-lo.

Voltando os olhos novamente para o capitão Vigia, viu Braylwin buscar um apoio seguro e encaixar os pés entre as pedras. Ele, então, ergueu a balestra e mirou, nivelando o olho com a arma. Raffi levantou-se num pulo e olhou para trás. Galen estava em pé entre duas árvores, iluminado pelo luar.

– *Galen!* – gritou.

A flecha foi disparada; o guardião se virou no mesmo instante em que uma figura pequena pulava sobre ele e o derrubava no chão. Indiferente ao perigo, Raffi correu de volta e se jogou ao lado deles, ofegante, enquanto Godric se aproximava com passos pesados.

Ambos olharam fixamente para seus respectivos amigos caídos no chão.

Alberic se sentou, xingando violentamente e limpando a lama de sua capa; Galen continuava deitado entre as folhas, olhando para ele. Pouco acima de suas cabeças, a flecha partira o tronco da sorveira ao meio.

– Pelo amor de Flain, seu idiota imprudente, mantenha a cabeça abaixada! – rosnou o anão.

Godric começou a rir; o rei dos ladrões ergueu os olhos para ele, furioso.

– E você, seu cérebro de minhoca! Eu mandei que o protegesse. Se ele morrer, vou esfolá-lo centímetro por centímetro e mandar pendurar sua carcaça no topo da minha torre como alimento para os corvos! Entendeu?!

O barbudo fez que sim, ainda sorrindo. Galen levantou-se com dificuldade.

– Você é um homem melhor do que gostaria de ser, rei dos ladrões.

Alberic ignorou o comentário.

– Um guardião para o guardião – retrucou de forma azeda. – Mas, quando essa maldição tiver sido quebrada, Galen, vou recuperar o tempo perdido, acredite em mim!

Um grito fez com que todos corressem em direção ao rio. Raffi viu Carys próximo à queda-d'água; ela gritou novamente, apontando.

Braylwin estava com a garota agora. Sob a luz do luar, viram-no forçar Felnia a subir o penhasco, escalando atrás dela como uma enorme sombra. Lá em cima, pássaros estranhos piaram em meio à névoa, perturbados pelo movimento.

Galen soltou uma maldição e partiu em disparada, com Godric seguindo-o de perto. Ignorando o anão, Raffi partiu também. Eles atravessaram correndo a trilha, acompanhando o curso de águas caudalosas. Grandes pedregulhos despontavam acima da superfície; ao erguer os olhos, Raffi viu Carys pulando de um para o outro, equilibrando-se precariamente, a cachoeira despencando sobre ela.

Braylwin já havia subido bastante; Felnia chutava e se contorcia, fazendo algumas pedras resvalarem pela encosta. O Vigia a golpeou com força, mas ela continuou lutando. Já do outro lado, Carys disparou uma flecha, mas eles encontravam-se sob a proteção das enormes rochas e das árvores que cresciam pela encosta. A jovem espiã pendurou a balestra no ombro e começou a escalar.

Galen atravessou o rio sem dar a menor importância à sua própria segurança. Raffi o seguiu. O rugido e a violência das águas eram apavorantes; um escorregão e ele seria arrastado pela corrente, lançado contra as pedras e os troncos das árvores. Os respingos gelados o deixaram encharcado; seus pés deslizavam a cada passo, mas ele continuou, cambaleando e atravessando os arco-íris, sentindo o pesado borrifar da cachoeira como se fosse neve molhada despencando de um telhado. Só mais um salto. Caiu de joelhos na lama e lutou para se levantar, exausto.

– *Braylwin!*

O grito de Carys fez com que todos estancassem.

O Vigia virou-se lentamente, a arma em punho.

Ela estava logo abaixo dele, os pés fincados no chão, a balestra apontada.

– Deixe-a ir! – berrou.

Sob a luz do luar, todos puderam ver o largo sorriso do capitão.

– Você devia vir comigo, Carys. A gente pode dividir os lucros.

– Prefiro matá-lo – rosnou ela.

Ele sacudiu a cabeça, provocando uma chuva de respingos prateados.

– Assim é melhor. Por um tempo, achei que eles conseguiriam fazer de você uma guardiã. Mas a vingança é uma atitude inerente aos Vigias.

– Concordo – berrou Carys. A balestra não balançou um milímetro. – É mesmo. E isso não tem nada a ver com Imperadores e seus herdeiros. Tem a ver comigo. Não sei quem eu sou, Braylwin. E provavelmente jamais descobrirei. Tudo o que eu aprendi foi a caçar e mentir, isso foi tudo o que você e os outros líderes Vigias me ensinaram, apenas isso e a não fazer perguntas. Mas não acredito mais em nenhuma dessas coisas. Estou cansada de vocês e de suas mentiras. Todas as vezes que olho para essa menina, vejo a mim mesma, e todas as coisas que vocês fizeram comigo.

Ele riu, empunhando a arma firmemente com uma das mãos.

– Pobre Carys. Só que eu não tenho culpa de nada disso.

– E não estou falando apenas de mim. De todos os outros também.

– Você está falando do mundo inteiro, Carys! Porque o mundo inteiro pertence aos Vigias agora. Você nunca conseguirá escapar. Ser uma Vigia está dentro de você. Enterrado lá no fundo. É o que você sempre será! – Ele se virou de supetão, agarrou Felnia e a puxou, colocando-a na frente de seu corpo. Carys não se mexeu.

– Não faça nada – falou Galen baixinho, parado logo atrás dela. – Ele não vale a sua alma!

Ela olhou de relance para o guardião, surpresa.

– Sempre tentando, não é mesmo, Galen? Preciso reconhecer isso em você.

Uma pedra se desprendeu e caiu. No mesmo instante, Felnia soltou um grito e mordeu Braylwin; ele a largou e deixou a balestra cair. Ela aproveitou a distração e se afastou, pulando de pedra em pedra como um gato.

A arma deslizou encosta abaixo e caiu dentro do rio.

Braylwin agora estava sozinho e desarmado.

Ele se empertigou e levantou os braços.

– Então, Carys. – Seu rugido soou acima do estrondo das águas. – Estou pronto!

Ela permaneceu imóvel.

– Você não está com pena de mim, está, docinho? Sabe o que tem de fazer. Mate-me agora, Carys. Caso contrário, estará acabada para os Vigias.

– Não! – falou Galen. – Carys, me escute...

– É isso o que você quer, não é? – Braylwin cruzou os braços. – Lembre-se do seu treinamento. Seja rápida, não titubeie. Faça isso, garota, agora.

– Carys. Pelo amor de Flain...

– Cale a boca, Galen. – Seu rosto estava molhado. Ela nem sequer baixou os olhos.

– Essa não é a solução!

– Claro que é – rosnou.

E, então, atirou.

24

Kest ergueu o corpo, tomado por uma profunda dor.
– Eu fiz coisas terríveis, sei disso. Acabei entrando em guerra com minhas próprias criaturas; o dragão foi destruído, e agora irei fazer companhia a ele nas cavernas da morte. – Fechou os olhos; Tamar o segurava em seu colo. Com um último suspiro, disse:
– Tomem cuidado com o Margrave.

Livro das Sete Luas

– MEU RESGATE! – O uivo de Alberic ecoou acima do rugido da cachoeira. – Maldita seja, garota, meu resgate!

Galen deu um pulo determinado, agarrou a menina e a entregou a Godric. Em seguida, virou-se para o anão.

– Você terá seu resgate, rei dos ladrões.

Braylwin estava parado, imóvel, o rosto lívido. A flecha cravara-se na pedra, a milímetros de seu olho esquerdo. O Vigia esticou o braço e a tocou, sem conseguir acreditar. Ao falar, sua voz foi um mero sussurro em meio à barulheira da água.

– Quer dizer que a perdemos mesmo, Carys. Realmente a perdemos.

Ela permaneceu em silêncio, os olhos fixos nele. De repente, virou-se e começou a descer; passou por Raffi e continuou em direção à mata.

Eles levaram algum tempo para conseguir fazer Braylwin descer e atravessar o rio de volta. Alberic reclamou e gemeu o tempo inteiro, amaldiçoando Galen e seus atrapalhados companheiros. No final, Godric precisou carregá-lo. Sikka zombou dele durante todo o percurso de volta, dizendo que ele parecia estar começando a se importar demais com seus inimigos.

Raffi estava chocado, como se ele próprio tivesse sido ferido por uma flecha. Não havia sentido nada quando Carys passou por ele. Pior do que nada. Um vazio, negro, profundo e gélido. Um calafrio percorreu seu corpo enquanto prosseguia aos tropeços pela trilha. Será que ela havia errado de propósito?, pensou. Ou sua intenção era mesmo matá-lo?

Eles armaram um pequeno acampamento sob as rochas e, durante toda a noite, Raffi esperou que ela voltasse. Totalmente alheia a qualquer preocupação, Felnia pegara seu bichinho de pelúcia com o aprendiz e fora se sentar ao lado do Sekoi; ele lhe contara um punhado de histórias mirabolantes até fazê-la pegar no sono e agora estava deitado, as pernas compridas esticadas ao lado do fogo, resmungando de uma forte dor de cabeça. Galen havia sumido e Alberic estava gritando com um sujeito rabugento e meio bêbado que chamava de seu "cirurgião".

Raffi mudou de posição, inquieto. Ao erguer a cabeça, viu que o Sekoi o observava, com seus olhos amarelos estreitados.

– Por que não vai procurá-la? – perguntou baixinho.

O aprendiz deu de ombros.

– Você acha que eu devo?

– Acho que sim, pequeno guardião. – Começou a roer uma unha de maneira pensativa. – Alguém deveria fazer isso. E seria melhor que fosse você.

Raffi se levantou num pulo. Passou direto pelas sentinelas e seguiu em direção à trilha do rio, movendo-se silenciosamente no escuro até que o barulho e a comoção do acampamento tivessem ficado para trás.

Escutou o farfalhar da floresta e o rugido da cachoeira ao longe. Conjurou suas linhas de proteção e sentiu as árvores dormindo, suas consciências ressonando suavemente; assustou as diminutas mentes dos ratos silvestres e dos gambás; acordou uma doninha que rapidamente voltou a se enroscar em sua toca.

De repente, seu corpo se contraiu. Havia algo mais ali, alguma coisa tão penetrante que foi como se tivesse sido ferroado por uma abelha-preta. Abandonou a trilha e penetrou num grupo denso de larícios, abrindo caminho pelo emaranhado de galhos empoeirados até sair em outra clareira. Retirou os gravetos que haviam ficado presos em seus cabelos.

Carys estava sentada numa pedra sob o luar.

Estava de costas para ele, no mais completo silêncio, mas Raffi sentiu que ela estivera chorando copiosamente; Carys exalava um profundo pesar misturado a uma fúria tão feroz que o deixou com as palmas suadas.

Ficou parado onde estava, sem saber o que fazer.

Após um tempo, ela levantou a cabeça.

– Não vai dizer nada?

– Felnia está bem.

– Sei disso. – Virou-se, furiosa, os olhos vermelhos e inchados.

Raffi fez que sim.

– Ele também. Você podia tê-lo matado, mas não matou.

– Mas eu quis! – Afastou os cabelos do rosto; estava pálida e tensa. – Eu realmente quis matá-lo, Raffi. Senti minha mente vazia, exceto por um profundo ódio por ele.

– Está tudo bem...

– Não seja idiota! – Ondas de agitação chocaram-se contra ele. – Claro que não está nada bem! Eu queria matá-lo. E Galen sabe disso. Estou acabada, tanto para os Vigias quanto para vocês. – Riu, amargurada. – Como eu cheguei a este ponto, Raffi? Achei que tivesse tudo sob controle.

Ele se aproximou em silêncio, parou em frente a ela e disse:

– Venha conosco para Sarres.

– Para quê? Para pagar por meus pecados?

– Não. Para se curar.

Carys o fitou, surpresa.

– Como assim?

Raffi começou a mastigar os cadarços do casaco, nervoso.

– Você está machucada, Carys. Pode não saber disso, mas eu sinto. Existe um grande vazio em você. Nós podemos ajudá-la... A Ordem...

– Pode me perdoar?

– Não é isso o que eu quero dizer.

Ela se levantou num salto, afastando novamente os cabelos do rosto.

– Você é gentil demais, Raffi, esse é o seu problema. Você nunca sobreviveria sem Galen. Ele não vai querer que eu os acompanhe. Galen provavelmente me despreza.

Mas algo havia mudado nela. Raffi sorriu.

– Você não o conhece.

– Sei que ele é duro como uma rocha.

– Ele é um Mestre das Relíquias. E o Livro diz que o amor é tão feroz quanto o ódio... tão forte quanto, e implacável.

Ela o fitou de um jeito estranho.

– Jura? Talvez seja por isso que os Vigias não permitem que a gente o leia.

Ela passou por ele e continuou em direção aos larícios. Raffi a seguiu, segurando os galhos que voltavam em seu rosto.

De volta ao acampamento, Galen conversava com o Sekoi, mas, ao vê-los se aproximando o guardião se levantou, sério e carrancudo, o rosto aquilino meio encoberto pelas sombras.

Carys foi diretamente até ele e soltou a balestra no chão.

– Você estava certo. Essa não é a solução.

O silêncio dele a forçou a erguer os olhos.

– Tudo bem, Galen – ofegou. – Eu errei o tiro. Foi de propósito. Mas... – Deu de ombros com desânimo. – Sinto muito.

– Você não está arrependida – replicou ele. – Está zangada. E agora está livre.

– É difícil acreditar que você se importe com o que eu sinto.

O guardião riu, aquela risada dura e esporádica.

– A Ordem recebe todos de braços abertos, Carys. Nós também não admitimos fracassos.

Ela sorriu.

– Até mesmo espiões dos Vigias?

– Especialmente.

O Sekoi fez menção de dizer alguma coisa, mas pareceu mudar de ideia e apenas acenou em silêncio.

Carys se sentou. O brilho do fogo fez com que ela parecesse vermelha e cansada.

– Se fosse antes, eu o teria matado – declarou. – Antes de conhecer vocês, eu provavelmente não teria pensado duas vezes. Agora tudo ficou mais difícil. – Ergueu os olhos, séria. – Vou dar a vocês todas as informações de que precisam. Tudo. Números, senhas, detalhes sobre as patrulhas...

– Carys. – O guardião se agachou, os olhos sombrios sob a luz do fogo. – Não queremos informação nenhuma. Queremos você. Você virá conosco para Sarres?

– Onde fica isso?

– Num outro mundo além do seu. O lugar onde a Ordem irá recomeçar. O coração da rede, onde esperaremos pelos Criadores. Você virá conosco? Queremos que venha.

Ela o fitou por um longo tempo e, então, desviou os olhos para as chamas.

– Sim, irei. Afinal de contas, para onde mais posso ir?

Com um gesto rápido, pegou o saquinho que trazia amarrado à cintura, pescou a relíquia e a entregou a Galen.

– Acho melhor você ficar com isso. Eu a tirei da Torre da Música. Imagino que seja importante.

Ele a encarou, surpreso, e, em seguida, se voltou para Raffi.

– Foi isto que você usou para criar a rede?

– Foi.

O guardião estalou a língua, irritado.

– Se ainda tiver algum poder, deve ser pouco. – Correu os dedos sobre a peça. – É, o poder me parece fraco.

– Assim como eu, bruxo.

A voz soou como um rosnado; Raffi deu um pulo, nervoso.

Alberic precisou de ajuda para se aproximar do fogo. Sikka trouxe uma cadeira para ele; o anão sentou-se como se fosse um velho. Seus cabelos estavam ralos, o rosto, retorcido de dor. Arquejava profundamente, como se não tivesse mais forças para respirar. No entanto, olhou para Galen mais furiosamente do que nunca.

– Você conseguiu o que queria. Agora, retire a maldição.

– E depois? – perguntou o guardião.

– Depois vou pegar meus meninos e meninas e sumir daqui. Ah, e quanto ao Vigia, ele é meu. Pode ficar com ela. – Apontou um dedo diminuto para Carys. – Você não vai ganhar grande coisa.

– Muito pelo contrário. – Galen girou a relíquia na mão. – Já ganhei.

O anão olhou para o objeto sem grande interesse.

– Vocês e suas tralhas velhas. E então?

Galen ficou imóvel por alguns instantes, iluminado pelo luar.

– Você está sob o poder da maldição há muito tempo – falou calmamente. – Como conseguirei retirá-la?

Alberic enrijeceu.

– Pelo amor de Flain, é melhor que consiga! – esbravejou. – Caso contrário, vocês nunca sairão desta floresta.

O guardião deu uma risadinha.

– Você está me confundindo com outra pessoa. – Levantou-se de supetão e se inclinou para a frente. – Você me disse certa vez que tinha lido o Livro, certo?

– A Litania. – Alberic brandiu a mão de modo sofrido. – Uma historiazinha bastante obscura.

– Então sabe sobre o Corvo?

– Ouvi falar dele.

– Agora pode vê-lo.

Galen entregou a relíquia para Raffi; faíscas emanavam dela. Parado ali, o guardião parecia estranhamente mais alto; a escuridão se fechou à sua volta. Ele estendeu o braço, pegou a mão de Alberic e o botou de pé. O anão o fitava, atônito. Quando Galen baixou os olhos para ele, um súbito tremular de energia percorreu os dedos entrelaçados e, em um instante de surpreendente clareza, todos viram os olhos negros e penetrantes, o poder que emanava deles, a mudança abrupta que transformou aquela figura sombria em algo mais, algo energizado, saído de um mito, de uma lenda.

Alberic praguejou, puxando a mão. Atrás dele, seu bando observava atentamente.

Galen riu.

– Meu Deus, guardião – ofegou o anão. – O que você é?

– Eu sou o Corvo – respondeu baixinho, e as imagens fantasmagóricas das sete luas tremularam entre seus dedos. – Veja e acredite, rei dos ladrões, porque, com exceção deles, você é o primeiro a testemunhar isso. As coisas estão mudando. O inter-rei foi encontrado, Anara terá um líder novamente. A Ordem voltou a ter um lar; nós o transformaremos num lar tão poderoso que ele irá reenergizar o mundo. Eu falei com os Criadores. Eles estão a caminho, Alberic.

O anão engoliu em seco. Estava empertigado agora, e respirava com facilidade.

– Fanáticos excêntricos – murmurou. – Eu quase acreditei.

– Pois deveria. Porque ainda não terminei com você.

– Ah, não! – Deu um pulo para trás. – Ah, não. Eu vim à sua procura uma vez, mas não farei isso de novo! Estou farto de bruxos. De agora em diante, evitarei vocês como se fossem sementes de fogo, Galen Harn.

O guardião anuiu sombriamente.

– Isso é o que você pensa.

Virando-se, pegou a relíquia que entregara a Raffi e a segurou com as duas mãos. Ela chiou e estalou. De repente, começou a zumbir, e o anão se aproximou com ganância.

Raffi se levantou. Surpreso, viu que a pequenina tela havia acendido, exibindo uma sequência de palavras, diminutas palavras dos Criadores, escritas em branco, que Galen rapidamente pôs-se a ler em voz alta:

`... A situação tornou-se desesperadora; talvez tenhamos que bater em retirada. Não temos notícias da Terra há meses. E, o pior de tudo, agora temos certeza quanto a Kest. Contra todas as ordens, ele andou brincando com o material genético. De alguma forma, conseguiu criar um híbrido a partir de... Flain teme que sua natureza tenha sido distorcida, certamente sua expectativa de vida aumentou muito... Quando permitimos que deixasse a câmara, ele destruiu tudo...`

A tela piscou; Galen franziu o cenho e a sacudiu desesperadamente.

`... Nós o prendemos nas profundezas dos Poços de Maar. Kest o chamou de Margrave. Devíamos tê-lo destruído. Devíamos...`

A tela se apagou.

O silêncio que se seguiu foi quebrado apenas pelo crepitar do fogo. De repente, Raffi falou:

– Foi isso o que eu vi no sonho.

– É ele que governa os Vigias – comentou Carys com desgosto.

Galen virou a relíquia lentamente em suas mãos. Parecia um pouco tonto. Por fim, disse:

– Talvez ela nos fale mais alguma coisa. Pode ser que consigamos restaurar parte de sua energia em Sarres. – Olhou para Raffi. – Ao que parece, os Criadores falaram conosco mais uma vez. Como eles irão recriar o mundo se a mais maléfica de suas criaturas continua a espreitar nosso planeta?

Preocupado, o aprendiz replicou:

– E o que podemos fazer a respeito?

O guardião cruzou os braços.

– Não sei.

Estava totalmente escuro agora; o fogo estava quase apagado. Enquanto o Sekoi o alimentava com novos pedaços de madeira, as chamas crepitaram e estalaram. Alberic gritou para seus homens:

– Tragam-me algo para comer! Quero muita comida!

Ele se sentou ao lado do Sekoi, que perguntou de forma distraída:

– Imagino que, agora que você está curado, não tenho nenhuma chance de reaver o meu ouro, certo?

– Não brinque com a sorte, contador de histórias. Isso não é nem metade do que você me roubou.

– Você ainda me quer como seu prisioneiro?

– Querer você?! – O anão aproximou o rosto com ferocidade. – Eu pretendo jamais ver nenhum de vocês novamente, seus loucos.

Carys riu, e Raffi sorriu também. Mas então se virou e viu Galen. O guardião estava com uma expressão sombria, pensativa.

O aprendiz conhecia aquela expressão bem demais.

Ela sempre significava problemas.

LEIA A CONTINUAÇÃO DA SÉRIE

O MESTRE DAS RELÍQUIAS

Próximo Livro: **A COROA OCULTA**

1

A verdade se esconde em meio a rumores
e dizeres estranhos.
A neve irá cair, os corações irão congelar.
Nós chegaremos quando todos menos esperarem.

Apocalipse de Tamar

OS DOIS HOMENS estavam sentados num banco no gelo.

Entre eles, um braseiro brilhava com carvões incandescentes, seus pés de metal afundando numa poça de gelo derretido.

Estavam sentados em silêncio no coração da Feira de Cristal, cercados por uma balbúrdia de ovelhas balindo, cachorros latindo, comerciantes oferecendo suas mercadorias aos berros e, acima de tudo, por um incessante e agourento martelar. Carnes chiavam nos espetos, bebês choravam, malabaristas lançavam no ar suas bolinhas tilintantes, violinistas tocavam em troca de moedas e, nas barraquinhas armadas com bancos acolchoados, grupos de Sekoi de todas as cores contavam histórias hipnóticas, com suas vozes peculiarmente penetrantes ecoando sob um frio tenebroso.

Por fim, o mais velho dos dois quebrou o silêncio.

– Tem certeza? – murmurou.

– Foi o que escutei em Tarkos. E depois de novo, na semana passada, no Mercado de Lariminier. Juro. – O sapateiro, ainda com seu avental de couro, olhou sem expressão para a negra Torre dos Vigias no centro do lago congelado, como se temesse que os guardas conseguissem escutá-lo.

– Ele foi visto?

– É o que dizem. – A sola suja de seu sapato esmagou o esqueleto congelado de um peixe sobre o gelo; fitou o amigo com olhos arregalados. – Tenho escutado um forte burburinho. Profecias e rumores estranhos. O que eu escutei foi que, no ano passado, durante a celebração da Noite de Flain, aconteceu uma enorme explosão. A Casa das Árvores se partiu ao meio e uma visão se elevou em direção ao céu, um par de asas negras enormes estendeu-se sobre Tasceron. – Correu os olhos ao redor e fez o sinal de respeito discretamente com uma das mãos. – Foi ele. O Corvo!

O velho soltou:

– Inacreditável! Como ele era?

– Enorme. Preto. Um pássaro, mas ao mesmo tempo não. Você sabe, tal como o Livro o descreve.

– Acho que sei. Ele disse alguma coisa?

– Segundo a mulher que me contou, sim.

Um enorme touro passou por eles, puxado por dois homens, os cascos deslizando sobre o lago congelado. Depois que os homens se afastaram, o velho deu de ombros.

– Talvez sejam apenas boatos.

O sapateiro correu os olhos em torno, preocupado. Atrás deles, um mascate oferecia aos berros seus laços, agulhas e rendas, enquanto uma multidão observava dois homens trocarem socos por causa do preço dos gansos e um menino dar saltos mortais entre as barracas, seu chapéu largado no chão exibindo algumas poucas moedas. O sapateiro aproximou-se do amigo e falou num tom mais baixo:

– Acho que não. Por que os Vigias teriam dobrado o número de patrulhas? Eles escutaram alguma coisa; os espiões estão por toda parte.

– E o que foi que a visão falou?

– Ela disse: *Escute, Anara, seus Criadores irão retornar; através da escuridão e do vazio, eu os invoco. Flain, Tamar e Soren, até mesmo Kest virá. Eles irão dispersar a escuridão. Irão destruir o poder dos Vigias.*

As palavras sussurradas pareciam perigosas, carregadas de poder, como se faiscassem em meio ao ar congelante. No silêncio que se seguiu, o burburinho da feira pareceu aumentar; os dois homens ficaram satisfeitos por isso. O mascate havia derrubado suas mercadorias e estava ajoelhado no gelo, recolhendo as agulhas de forma atrapalhada com seus dedos dormentes. Uma lufada de vento fez com que algumas daquelas pequeninas farpas prateadas viessem parar próximo ao braseiro.

O velho aproximou as mãos enluvadas do calor.

– Bom, se for verdade...

– É verdade.

– ... isso irá provocar uma mudança no mundo. Espero estar vivo para ver. – Lançou um olhar pesaroso por cima das barracas e tendas para a brilhante Torre dos Vigias, coberta de gelo. – Mas, a menos que os Criadores cheguem amanhã, será tarde demais para aquelas pobres almas.

Dali, o martelar soava ainda mais alto. O negro cadafalso estava semipronto, uma estrutura instável de madeira construída sobre o gelo. Equilibrando-se numa escada, um homem pendurava agora os laços letais das forcas. Acima dele, o céu era de um cinza plúmbeo, carregado com partículas de gelo que ainda não haviam caído.

Centenas de colunas de fumaça elevavam-se das fogueiras armadas ao redor da feira.

– Ao que parece, teremos outra nevasca negra hoje à noite – comentou o sapateiro.

O velho não respondeu. Em vez disso, falou:

– Ouvi dizer que um dos prisioneiros é um guardião.

O sapateiro empertigou-se. Em seguida, relaxou de volta sobre o banco rústico, roendo a unha do polegar.

– Meu Deus – murmurou. – Ele será enforcado?

– Sim. Amanhã, junto com os outros.

As marteladas no lago cessaram abruptamente. Os nós das forcas balançavam ao vento, já cobertos por uma camada de gelo.

O mascate recolheu a última agulha. Levantou-se com um gemido e se aproximou mancando.

– Desejam alguma coisa, cavalheiros? – perguntou numa voz esganiçada. – Tenho laços. Contas. Belos cachecóis. Algo para suas esposas?

O sapateiro fez que não com amargura; o velho sorriu.

– Morta, meu amigo. Há muito tempo.

– Ah, bem. – O mascate era um homem grisalho; ajeitou a muleta sob o braço, aparentemente cansado. – Nem mesmo um broche para seu casaco?

– Não. Hoje, não.

Demonstrando indiferença, como se já estivesse acostumado a esse tipo de resposta, ele deu de ombros.

– O dia não está muito bom para longas caminhadas – comentou baixinho.

Eles o fitaram sem entender.

– O sujeito está bêbado – murmurou o sapateiro.

O MASCATE AFASTOU-SE mancando em direção às tendas. Contornou um cercado de ovelhas que baliam sem parar, seus pequenos cascos arranhando o lago congelado, e seguiu direto até uma barraquinha de pães, onde comprou uma torta que, apesar do frio, ainda estava quente. Comeu metade dela agachado ao lado da porta aberta do forno. A gordura escorreu pelos buracos de suas luvas e queimou-lhe os dedos. Curvado como estava, só era possível ver os compridos cabelos grisalhos que haviam escapado do capuz; porém, ao se levantar novamente com a ajuda da muleta, um observador mais atento talvez percebesse, ainda que só por um instante, que ele era um homem alto, e não tão velho ou aleijado quanto podia aparentar.

Alguém se espremeu ao seu lado.

– Isso é para mim?

O mascate ofereceu o restante da torta sem dizer nada; o garoto que estivera dando saltos mortais engoliu-a avidamente, mal parando para respirar.

Os olhos do mascate perscrutavam a multidão com cuidado.

– E então?

– Nada. Tentei a senha com uma mulher, mas ela mandou que eu me afastasse, caso contrário chamaria os Vigias. – Raffi lambeu as migalhas que haviam ficado agarradas em seus dedos, ainda incomodado com a lembrança. – E você?

– Não, nem sinal do nosso contato ainda. Mas escutei uma conversa interessante.

– Sobre o quê?

– Um certo pássaro negro.

O aprendiz ergueu os olhos, alarmado.

– De novo? – Esfregou as mãos engorduradas no casaco. Em seguida, quase que por reflexo, conjurou uma linha de proteção, mas a multidão barulhenta o deixou tonto com sua mixórdia de sensações, conversas e bate-bocas. Afora isso, sentiu apenas a barreira impenetrável do gelo, o enorme lago congelado quase até o fundo e as diminutas e pegajosas criaturas semimortas que o habitavam.

– Os rumores estão se espalhando – comentou Galen, sério. – Talvez devamos agradecer a Alberic por isso. O bando dele não consegue manter segredos. – Correu os olhos em volta. – Mas talvez essas histórias nos sejam úteis. Elas irão fazer as pessoas pensar, o que talvez ajude a renovar a fé que possuem.

Raffi esfregou os braços gelados e fez uma careta ao ver a porta do forno ser fechada. Mas, então, sorriu.

– O que você acha que elas diriam se soubessem que o Corvo está bem aqui?

O olhar de censura do guardião provocou-lhe uma fisgada atrás dos olhos – uma espécie de tapa mental – que o fez se encolher. Galen aproximou-se um pouco mais, com uma expressão dura no rosto cansado.

– Mantenha a boca fechada! Não fale comigo a menos que seja necessário. E fique perto!

Ele se virou e saiu abrindo caminho entre a multidão. Com os olhos marejados, Raffi o seguiu, furioso e emburrado.

Os dois estavam tão tensos que mal conseguiam falar. Tinham chegado à feira no dia anterior. O tempo gasto ali era perigoso demais; havia Vigias por todos os lados, e Raffi já fora revistado uma vez num dos postos de controle. A simples lembrança o deixava arrepiado, mas Galen não iria embora até encontrar seu contato. E eles não tinham ideia de quem poderia ser.

O aprendiz passou a tarde inteira tentando se manter aquecido. O frio o deixava dormente. O gelo que cobria as barracas e tendas formava pequenas estalactites que pingavam durante algumas poucas horas por volta do meio-dia e se endureciam novamente ao cair da noite, de modo que a feira inteira parecia enclausurada num esplendor vítreo, tal como devia acontecer com o Castelo de Halen em outros tempos.

Mesmo sem querer, Raffi pensou em Sarres. A casa lá devia estar quentinha; imaginou o Sekoi contando alguma história, com Felnia enroscada em seu colo, enquanto Tallis, a guardiã do lugar, alimentava o fogo com novos pedaços de madeira. E Carys. O que será que ela estava fazendo? O desejo de voltar para lá era tamanho que chegava a doer.

Horas antes, alguém lhe jogara algumas moedas; agora, para aliviar sua depressão, gastou-as numa pequena barra de caramelo. Quebrou uma pontinha e começou a chupá-la, deliciado, tentando não mastigar para que aquela guloseima incrível durasse mais. Fazia anos que não comia nada tão delicioso. Cinco anos. Desde que fora embora de casa. Viu Galen, parado do outro lado do cercado de ovelhas, observando-o com uma expressão sombria, mas não se importou. De repente, alguém lhe deu um esbarrão no ombro, quase jogando-o dentro do cercado.

– Desculpe – falou a mulher.

– Tudo bem. – Guardou o restante da barra de caramelo antes que a deixasse cair no chão.

Ela sorriu.

– O frio me deixa estabanada. O dia não está muito bom para longas caminhadas.

Este livro foi composto nas tipologias Berthold Baskerville Book e
G.I. Incognito e impresso em papel Lux Cream 70 g/m²,
na Yangraf Gráfica e Editora Ltda.